Almost True Crime

# Wer nicht liebt, muss sterben

**Ruth Stiller** schreibt seit vielen Jahren Krimis. Besonders beschäftigen sie Ursache und Wirkung der Verbrechen von und an jungen Menschen. Wie kann man schwere Gewalttaten von Jugendlichen erklären? Welche Rolle spielt die Familie? Und welche Chancen auf Rettung hätte es gegeben? Die Autorin denkt sich die Geschichten aus, die sie hinter den menschlichen Abgründen und Tragödien vermutet. So könnte es gewesen sein. Ruth Stiller lebt hinter einer der vielen Fassaden in München und schaut hinaus.

Mehr über unsere Bücher, Autor*innen und Illustrator*innen auf:
www.thienemann.de

Stiller, Ruth:
Almost True Crime – Wer nicht liebt, muss sterben
ISBN 978 3 522 20291 6

Einbandgestaltung: Suse Kopp unter Verwendung eines Fotos
von www.stocksy.com/1670355
Innentypografie: Kadja Gericke
Reproduktion: DIGIZWO GbR, Stuttgart
Druck und Bindung: CPI Books GmbH

FSC
www.fsc.org
MIX
Papier | Fördert gute Waldnutzung
FSC® C083411

*almost* **TRUE CRIME**

RUTH STILLER

# WER NICHT LIEBT, MUSS STERBEN

THIENEMANN

»Am späten Sonntagabend kam es auf der Strecke U17/18 zu erheblichen Verzögerungen. Ein 16-jähriges Mädchen ist unter Umständen, die aus ermittlungstechnischen Gründen nicht näher genannt wurden, zu Tode gekommen. Eine weitere traumatisierte Jugendliche wurde in ein Krankenhaus eingeliefert. Noch gibt es keine Angaben darüber, was genau passiert ist, und wie es zu dem Unglücksfall kam.«

## 1. KAPITEL

Der Himmel war ungewöhnlich grau für einen Sommertag. Die Wolken schoben sich ineinander, als wollten sie sich gegenseitig auffressen und aus den Wolkenwunden hätte es Blut regnen können, hätte gepasst, passierte aber nicht. Einfach nur grau. Maja schwang sich auf das schon lange funkelnagelneue Fahrrad ihrer Mutter und fuhr zum Baumarkt. Den Haarvorhang tief im Gesicht kaufte sie Pinsel, Rollen und schwarze Farbe. Genug für das ganze Zimmer. Die ganze Welt.

»Da musst du aber mindestens eine Wand hell lassen, Mädchen«, riet ihr der freundliche Fachverkäufer, »das wird sonst arg dunkel.«

Maja nickte. Genau das war der Plan. Dunkel. Sie zog auch keine alten Klamotten an und klebte nicht die Fußleisten ab, sie brauchte keine Leiter, nahm einfach ihren Stuhl und sie legte keine Musik auf. Musik machte Maja ratlos. Nur das nasse Quatschen der Rolle mit schwarzer Farbe auf Wand war zu hören. Bis alles dunkel war.

Maja verließ das Haus nicht mehr. Warum auch? Drieke war weg. Es gab dort draußen also nichts und niemanden, das es wert gewesen wäre. Zur Schule, klar, die musste man ja »besuchen«. Blöder Ausdruck.

Als wäre man zu Gast oder freiwillig dort. »Ohne Abi kannst du dich heutzutage gleich bei der Müllabfuhr anmelden.« Majas Vater war energisch hinterher, dass seine Tochter ihr »intellektuelles Potenzial« nicht verschwendete.

Also besuchte sie die Schule, lieferte ab, was ihr nicht besonders schwerfiel, und flog ansonsten unterm Radar. Schon immer.

»Das ist Maja. Die redet mit keinem. Lass sie in Ruhe!« Diesen Status hatte sie sich hart erarbeitet. Hinter dem Vorhang ihrer dunklen Haare kritzelte sie Zeichnungen in ihr Heft, illustrierte das vermittelte Wissen oder porträtierte die Menschen, mit denen sie das Klassenzimmer teilen musste, und die sich hauptsächlich duckfacig selbst fotografierten oder ihren Penissen folgten. Je nach Geschlecht. Selbst die Lehrer ließen sie in Ruhe und würden sie höchstens drannehmen, wenn sie sich gemeldet hätte. Kam aber nicht vor.

Drieke war auch anders. Bis vor Kurzem, genauer 41 Tagen, ging sie als Tagesschülerin in ein katholisches Mädcheninternat, und Maja wartete nachmittags ungeduldig, bis auch sie endlich aus der Lehranstalt kam. Dann chillten sie im Park, analysierten Filmplakate und suchten Schätze am Straßenrand. Oder sie verbarrikadierten sich in ihrem Zimmer und pressten Blumen, zeichneten, lasen sich Bücher vor und himmelten Schauspielerinnen an, die außer ihnen kaum jemand kannte.

Drieke war nicht so ruhig wie Maja. In ihrem Körper lebten eine Million Ameisen, die keine Sekunde einfach nur rumsaßen. Sie waren immer in Bewegung. Und Drieke deswegen auch. Also las Maja vor und Drieke machte Kopfstand oder lief rückwärts oder sortierte alles nach Farben. Wenn sie zeichnete, dann Muster, nicht wie Maja comichaft verzerrte Menschenvisagen, faltete das Papier so lange, bis es nur noch ein kleines, kompaktes Paket war, oder stoppte die Zeit, wie lange es dauerte, bis es gänzlich verbrannte. Drieke ließ nicht viel übrig, bewahrte selten etwas auf, während Maja ihre Zeichnungen ordentlich in einem Ordner für die Nachwelt abheftete.

»Welche Nachwelt?« Drieke versuchte, den großen und den zweiten Zeh miteinander zu verknoten. »Nach uns kommt nichts mehr! Oder zumindest nichts so Gutes.« Maja liebte Driekes Kurzreferate über weltliche, politische oder göttliche Themen. In ihrem Kopf war wenig Platz dafür. Sie hatte ihn sozusagen leer geräumt und das sollte er auch bleiben. Wenn ihre Mutter mal wieder »diese Tage« hatte, dachte sie nicht darüber nach, sondern packte ihren Rucksack und übernachtete nebenan bei Drieke.

»Maja, das geht nicht. Jemand muss hierbleiben und sich um sie kümmern.« Ihr Vater hatte dafür selten Zeit. Sein individuelles Nobelhotel stand in den Reiseführern, sein Gesicht für Qualität und den immer gleichen gehobenen Standard. Präsenz war gefragt. Maja kümmerte sich manchmal und ein anderes Mal ging sie zu Drieke. Sie schliefen in dem großen Bett, das von einem schlichten Kreuz behütet wurde, Maja kuschelte sich Löffelchen an die Freundin und in ihrem leeren Kopf breitete sich ein watteweiches Gefühl aus, zog geräuschlos durch ihren Körper. Sie schlief ohne Traum und unbehelligt.

Jetzt war Drieke weg. So weit, dass man nicht einfach bei ihr übernachten konnte, so weit, dass man in einen Zug hätte steigen müssen, am anderen Ende von Deutschland, am Ende der Welt. Die ganze Familie war in einen Umzugstransporter geklettert und Driekes Hand, die aus dem Beifahrerfenster winkte, war mit ihm um die Kurve verschwunden.

»Du bist sechzehn, du musst nicht mit, du kannst sie anzeigen, du hast auch Rechte, du musst nicht mit.« So viel hatte Maja selten gesprochen, aber es war nicht von Bedeutung, ob viel oder wenig, laut oder leise, langsam oder schnell.

»Das ist meine Familie, Maja.« Drieke hatte ganz still dagesessen, still wie nie, hatte sich längst ergeben, ihr Widerspruch war vor Majas im Raum verpufft. Saß da wie ein Bild ohne Konturen, ihre Haare hatten die gleiche Farbe wie ihre Haut. Dann sprang sie auf, kramte in ihrem Schreibtisch, der schon merkwürdig leer geräumt aussah, und holte einen Block und einen Stift hervor. »Wir schreiben uns. Briefe, so wie früher, weißt du, wie Julia Lambert in *Landhaus am See.* Oh, Julia Lambert, ich liebe Julia Lambert. Nur stecken wir sie natürlich nicht in Flaschen. Briefumschlag, Briefmarke, Adresse rechts, Absender links, ja, Maja, das machen wir, ja?«

Nachdem der Umzugstransporter verschwunden war, blieb Maja mitten auf der Straße stehen. Die Leere, die Drieke hinterlassen hatte, war unerträglich und füllte wiederum die Leere in ihrem Kopf, die daraufhin keine Leere mehr war. Es dröhnte, als würden tausend Presslufthammer ihr Gehirn in kleine Splitter zerfetzen. Nein, das würde sie Driekes Eltern nie verzeihen und ihrem elenden Gott schon dreimal nicht.

»Darling, du stehst mitten on the street. Das ist very gefährlich, und dann noch without Helm!« Maja starrte die alte Frau Schuy an. Ihre Vorfahren stammten aus Amerika, weswegen sie sich den Akzent zugelegt hatte. Sie selbst lebte seit mindestens 300 Jahren in dieser Straße und kümmerte sich um alles. Maja hasste Menschen. Und seit Drieke einfach so um die Kurve gefahren und nicht mehr zurückgekommen war, umso mehr.

Ihre Mutter hätte rauskommen können, statt der alten Frau Schuy, sie mit ins Haus nehmen, wo Hühnersuppe auf dem Herd stand, die bekanntlich alle Krankheiten besiegte, hätte eine Runde mit Maja heulen können und den Fenchel aus der Suppe fischen, den Maja nicht leiden konnte, der aber nun mal dazugehörte. Aber erstens heulte Maja nicht, nie, und zweitens lag ihre Mutter im abgedunkelten Schlafzimmer, einen kalten Lappen auf den Augen und stöhnte vor sich hin.

Wie immer, wenn sie sich eigentlich kümmern musste, forderte sie die Zuwendung für sich. Maja brachte ihr lauwarmen Tee.

*Liebe Drieke (oder Friederike, zur Strafe),*
*liebe Friederike (hm, kenn ich nicht), liebe Drieke,*

*die Schuy hat mich von der Straße gekehrt. Sie erinnert mich an die Leute aus der Bibel, von denen du erzählt hast, keinen Schimmer mehr, wie die hießen, aber sie sind über 800 Jahre alt geworden damals. Grauenhafte Vorstellung. Ich glaube, du bist noch nicht mal am Zielort (nein, ich werde mir den Namen nicht merken) und mir kommt es vor, als wärst du schon ewig weg. Auf jeden Fall zu lange. Ich wusste immer, was ich machen könnte, als ich wusste, dass du nebenan bist und gerade vielleicht Eierschalen zu Staub zermahlst oder aus Wollfäden lange Schlangen flichst, die zu absolut nichts zu gebrauchen sind. Jetzt habe ich keine Ahnung.*

*Mein Zimmer ist schwarz (wollte ich ja schon lange machen, bild dir bloß nichts ein) und ich öffne kein Fenster, obwohl die Farbe bis zur Hölle stinkt. Morgen ist Sonntag. Ich hatte überlegt, in deine Kirche zu gehen und den Mann am Kreuz zu beschimpfen. Wenn ich nicht im Schwarzfarbendelirium liege, wie Julia Lambert mit ihrem zerbrochenen Herz. Ja, ich weiß, du liebst Julia Lambert. Aber ich gehe doch nicht.*
*Ich boykottiere Draußen.*
*Das gehört erstens uns zusammen und zweitens möchte ich nie wieder die Schuy treffen. Das auf der Zeichnung ist sie übrigens. Sie hatte nämlich eine Gartenschere in der Hand. Schuy Scissorhand.*
*Du fehlst mir …*

Maja versuchte, den Brief zu einem kleinen Paket zu falten. Aber sie war lange nicht so gut darin wie Drieke und es hätte auch nicht in den Umschlag gepasst.

»Maja? Bist du da?« Leise schwebte die Stimme ihrer Mutter unter der Türritze durch. »Maja?«

Sie lag im Bett. Ganz gerade, wie eine Leiche, nur die eine Hand auf der Stirn.

»Mama?«

»Ist Friederike weg?«

»Ja.«

Die Mutter seufzte und öffnete langsam die Augen, wandte sich Maja zu, die so im Türrahmen stand, wie man es tut, wenn man gleich wieder gehen will. »Geht es dir gut?«

»Nein.«

»Machst du mir ein kaltes Tuch? Mein Kopf …!«

Maja drehte sich um und ging Richtung Küche. Sie hätte auf die Frage der Mutter auch Ja sagen können oder nichts. Kein Unterschied.

Die Zeit verging merkwürdig unbemerkt, nur der Stundenplan war ein Anhaltspunkt, ließ keine Fragen offen, welcher Tag und welche Uhrzeit gerade war. In Majas dunklem Zimmer beleuchtete die Schreibtischlampe den Raum und die unendliche Zahl an Papieren, die sie vollzeichnete.

*… habe mich entschlossen unsere Lebensgeschichte zu malen. Das kann ja kein dickes Buch werden, denkst du, aber das denkst du nur. Wenn ich alles zeichne, was wir gemacht haben, werde ich nie fertig. Du hast dir die Haare abgeschnitten? Die Locke klebt über meinem Schreibtisch an der schwarzen Wand. Hab auch ein Bild von Julia aufgehängt, dir zuliebe, von Adam Giant auf der letzten Tour und WandaPanda mit Zopf.*

*Schwarz wird bunt. Fragst du mich ernsthaft nach der Schule? Bei mir hat sich nichts verändert. Weißt du, woran das liegt? Ich bin nicht weggezogen und plötzlich in einer Schule, wo auch Jungs sind. Mir fegt nicht der frische Wind um die Ohren, sodass ich mir die Haare abschneiden muss und ich hab kein eigenes Bad mit Bidet (jetzt mal ehrlich, was ist das denn für eine Erfindung?). Neu: heute Abend gemeinsames Essen mit meinen Eltern. Wahrscheinlich ist ihnen jetzt doch aufgefallen, dass ich nicht mehr rausgehe, und eingefallen, dass sie die Erziehungsverpflichteten sind. Immerhin bringen sie Essen aus dem Hotel mit, das schmeckt wenigstens. Werde berichten, ob ich zu fünf Jahren Freigang verurteilt wurde oder was ihnen sonst so einfällt. Und Drieke ... lass dich nicht täuschen. Jungs wollen dich flachlegen – auch der mit den Sommersprossen ...*

Sie war so was von unglaublich schön.

Majas Mutter packte gerade das Hotelessen aus, verteilte es auf dem Tisch, holte Teller und Besteck, stöckelte mit ihren High Heels über den Fußboden, klickklack. Arbeitskleidung, Kostüm mit Rock bis kurz übers Knie, Bluse mit Ausblick, schlank, groß, wenig Schmuck, aber der effizient. Maja ging eher nach ihrem Vater. Ein kräftiger Mann, zielstrebig, pflichtbewusst, diszipliniert. Als Maja in ihrem XXL-Hoodie versteckt die Treppe runterkam, waren sie ins Gespräch vertieft. Dabei lief die Mutter hin und her, weswegen der Vater immer nur die Hälfte verstand und dauernd nachfragen musste. Er sortierte das Besteck im Sitzen neben die Teller.

»Wie hast du das denn hingekriegt? Da kann man ja wirklich staunen.«

»Ach komm, du kennst mich doch. Das sind zwei Fliegen mit einer Klappe, der Zeppelin fliegt über die Stadt, groß unser Schriftzug drauf und ausgewählte Gäste dürfen mitfahren und werden so ans Haus gebunden.«

»Was? Was war das Letzte?«

Maja setzte sich an den Tisch, ohne dass es jemand kommentierte. Wahrscheinlich hatten sie es gar nicht bemerkt. Ihr Konzept unsichtbar zu werden, schien aufzugehen, wobei sie sich in diesem Fall nicht sicher war, ob sie es nicht schon immer gewesen war.

Klickklack. »Gäste können mitfliegen!«

»Und der will nichts dafür haben?«

»Ich hab ihm erklärt, dass das eine Win-win-Situation ist.«

Der Vater lachte auf und verteilte das edle Essen auf die Teller. »Klar, Win-win für uns. So, und jetzt haut rein, bevor es kalt wird.«

Die Mutter setzte sich und warf Maja einen kurzen

Blick zu. »Eine Dusche wäre vielleicht mal wieder angebracht, Schatz ... Jedenfalls ist die Sache in trockenen Tüchern, ich dachte, wir warten noch, bis zum späten Herbst, wenn die Messen losgehen. Mmmh, ist das Lamm?«

Maja legte sich ein Stück auf die Zunge und wartete, ob es vielleicht von selbst zergehen würde. Dabei musste sie an Drieke denken, wie sie stundenlang ihre Zunge an der Luft trocknete, um zu fühlen, wie es wäre, wenn man ein Stück Holz im Mund hätte.

»Und, was schreibt Friederike?« Die Mutter kaute und Maja starrte sie nur an, weil ein Tropfen Rotweinsoße neben ihrem perfekt geschminkten Mund hing, und das kam eigentlich nie vor. »Maja? Bist du zu Hause?« Sie schluckte das ungekaute Lamm runter. Als ob sie ihrer Mutter sagen würde, was Drieke schrieb. Die wandte sich an den Vater und lächelte. »Sie schreiben sich Briefe, süß, oder? Wie früher!«

Da bemerkte der seine Tochter auch und nickte. »Wie läuft's in der Schule?«

»Sag mal, ist das hier Wirsing?« Die Mutter hielt etwas Grünes auf der Gabel in die Luft und rümpfte die gepuderte Nase.

Sofort suchte der Vater in seinem Gemüse nach einem ähnlich gelagerten Fall. »Kann eigentlich nicht sein, ist doch gar nicht Saison, wo sollte der denn herkommen?«

Die Mutter zeigte mit der Wirsinggabel auf ihn. »Da müssen wir uns drum kümmern!«

Die Zeit verging merkwürdig unbemerkt, bis nach den Sommerferien die Bombe einschlug und alles veränderte.

## 2. KAPITEL

Der Campingplatz »Schöne Aussicht« lag zwischen den Eisenbahnschienen und einer bräunlichen, schlammigen Abzweigung des großen Flusses, der sich durch die Stadt schlängelte. Es gab also Mücken, das aufrüttelnde Donnern von durchbrausenden Güterzügen und viel Müll an der Strecke. Wer auch immer diesen Ort »Schöne Aussicht« genannt hatte, war entweder ein Träumer oder hatte Sinn für Humor.

Der erste Zug kam kurz nach Sonnenaufgang und weckte Jessie. Sie hatte ihren Kopfhörer extra weggelassen und war sofort da. Erster Schultag. Jessica Jung geht heute ins Gymnasium. Bämm! Sie kletterte von ihrer Pritsche, schnappte sich den Waschbeutel und tappte durch den alten Wohnwagen zur Tür. Dabei musste sie nicht einmal besonders leise sein. Ihr Vater, der coole Jo, schlief am anderen Ende am Kippfenster und schnarchte die zehn Dosen Bier in den Morgen, die er gestern vernichtet hatte. Jessie schob den Perlenvorhang vor Beccas Bett ein Stück zur Seite. Die kleine Schwester lag in voller Montur auf ihrer Matratze, die grelle Schminke verschmiert und ein fettes Loch in der Strumpfhose. Sie war da. Immerhin. Die winzige Handtasche lag achtlos und offen neben ihr. Jessie zog den Reißverschluss zu und verstaute sie unter dem Kopfkissen. Denn sollte Geld darin sein, durfte Jo es nicht finden.

»Jessie?«, murmelte Becca und tastete mit ihrer Hand und den aufgeklebten Fingernägeln ins Leere. Einer war abgebrochen. Das würde ein Gezeter geben. Jessie ließ den Vorhang zufallen, öffnete die Tür des Wohnwagens und blinzelte in den Morgen. Duschen, schminken und dann los. Am ersten Tag im Gymnasium zu spät zu kommen, war auf keinen Fall erlaubt. Auf dem Weg zu den Waschräumen war sie so in Gedanken, dass sie beinahe einen Schreck bekommen hätte, als Mechanic-Mike nackt, nur mit Gummistiefeln an den Füßen und einem schweren Werkzeugkasten, den er mit seinen riesigen Händen so trug, wie Becca ihre Täschchen, aus seiner Gasse angelatscht kam.

»Moin Jessie!«

Ein kurzes Nicken, dann schaute sie lieber woandershin und ging weiter.

»Gehste zum Waschen?«

Sie wedelte mit ihrem Waschbeutel in der Luft, ohne sich umzudrehen.

»Kannste vergessen, Wasserleitung is im Arsch.«

Jessie blieb stehen, senkte den Kopf und schnaubte. Sein Ernst? Ausgerechnet heute?

»Ich geh gucken, was ich machen kann.«

Jessie seufzte. »Du hast keine Hose an.«

Mechanic-Mike schaute an sich runter und nickte versonnen. »Tatsächlich!« Dann latschte er weiter und Jessie bog direkt ab zum Fluss. Katzenwäsche am ersten Schultag! Geht ja so was von gar nicht. Tante Sanne war auch dort und schöpfte Wasser in einen Plastikkanister. Sie war niemandes Tante, aber alle nannten sie so.

»Schöne Scheiße«, kommentierte sie den Fall, »da muss dann wieder einer für viel Geld kommen, wenn Mike es nicht hingekriegt hat.«

Jessie verrieb die Seife in den Händen und wusch sich, so gut es ging. »Oder haben die das abgestellt?«

Tante Sanne zuckte mit den Schultern. Das verwaschene Top bedeckte nur notdürftig ihren ausgemergelten Oberkörper, und so wie der hatte sie schon alles er- und überlebt. Sanne regte sich nicht mehr auf. Aber bevor sie sich aufraffte, um den schweren Kanister Richtung Wohnwagen zu schleppen, schaute sie Jessie an, wie sie ihre Hände schrubbte, um die Farbe abzukriegen. Vollkommen unmöglich. Dabei war sie seit einer Woche nicht mehr mullern gewesen.

»Dein Vater ist nicht gerade begeistert. Gymnasium! Bei die feine Leute.«

»Ist mir egal.«

Tante Sanne lachte auf und zeigte ihre Zahnlücke. »Richtig so. Man kann nicht genug wissen.«

Jessie packte ihr Zeug zusammen. »Es muss für ein

Badezimmer reichen«, knurrte sie, nahm Sannes Wasserkanister und marschierte los.

»He Jess, ich schaff das, du musst nicht …«

»Geht schon.«

Als sie Jo im Unterhemd auf der Wohnwagentreppe rauchen sah, drohte die Laune in den Keller zu rutschen. Er musterte seine Älteste aus verklebten Augen und ließ sie wortlos vorbei in den Wagen. Jessie fischte die weite Militärhose und ihr Lieblingstop aus ihrer Kleiderkiste und schminkte sich vor dem kleinen Spiegel in der Küche.

»Was gibt's denn zum Frühstück?« Die Stimme ihres Vaters klang vom Rauchen tief und rau.

»Keine Ahnung.«

Sie hörte, wie er ächzend aufstand, und wusste schon, was jetzt kommen würde. Dafür hatte sie heute aber weder Nerv noch Zeit. Immerhin war Becca aufgewacht, klimperte den Perlenvorhang zurück und zeigte Präsenz. Sie und Jessie hatten wirklich kaum etwas gemeinsam, aber gegen Jo hielten sie zusammen. Er tauchte in der Tür auf und strich sich die dünn gewordenen Haare zurück.

»Wie meinst du das, Jess? Wie meinst du das genau? Ich muss gleich auf die Scheißmaloche und brauch verdammt was zu essen.«

Jessie zeigte mit dem Kopf Richtung Kühltasche, in der meistens nur sein Bier Platz hatte.

»Das ist nicht meine Aufgabe«, brüllte Jo und hielt sich den Kopf, den seine eigene Stimme zu stark erschüttert hatte.

»Meine auch nicht. Ich muss zur Schule.«

Er ließ sich ächzend auf die Küchenbank fallen, die irgendein irrer Vorbesitzer mit bäuerlichem Blumenmuster überzogen hatte.

»Drecksschule. Ist das heute?«

Becca stand auf, gab Jessie Zeichen und machte sich in der Küchenzeile zu schaffen, die diese Bezeichnung wahrlich nicht verdient hatte.

»Ich mach dir 'n Brot, Jo.«

Der knurrte irgendwas von Zeitverschwendung, murmelte unverständliche Andeutungen, wo Frauen seiner Ansicht nach hingehörten, jedenfalls nicht ewig und drei Tage in die Schule, und Jessie packte Stifte und einen zerfledderten Block aus der Gesamtschule in ihren Rucksack.

Eigentlich hatte sie so einen schicken Ordner gewollt, mit Blättern drin und bunten Trennern, die die Fächer voneinander abgrenzen, so wie die meisten Gymnasiasten das machten, aber Jo hatte ihr nur einen Vogel gezeigt und zum Klauen waren bei ihr im Moment die Kapazitäten aufgebraucht, sie hatte schon alles bei den Cans für die letzte Battle gegeben. Die dann wie immer Fly gewonnen hatte. Wenn sie gewusst hätte, dass der mitmacht, wären sie und die Crew gar nicht erst angetreten. Aber eigentlich wollte sie ja auch frisch geduscht sein, und so war das in ihrem beschissenen Leben mit dem Wollen. Hatte nicht so einen großen Stellenwert. Noch nicht.

Becca kramte in der Kühltasche nach Brotbelag, fand nichts und stellte Jo das schon leicht aufgewellte Brot mit sehr gelber Butter vor die Nase. »Bitte!« Sie erstarrte. »Was ist das denn, hey, wann ist das denn passiert?« Der Fingernagel! »Schau dir die Scheiße an!« Sie hielt Jo den Mittelfinger demonstrativ unter die Nase. »Die hab ich gerade neu machen lassen, da ist mein ganzes Geld draufgegangen dafür und dann?« Ihre Stimme war schrill und viel zu hoch, der Mittelfinger ausgerechnet der Mittelfinger, und der Vater hatte einen Kater und Fingernägel interessierten ihn nur insofern, als man das Geld nun wirklich besser hätte anlegen können. In Bier zum Beispiel. Er fegte den Teller vom Klapptisch und brüllte los. Lässt sich doch von seiner Tochter nicht den Stinkefinger zeigen. Und man weiß ja, wofür Weiber solche Fingernägel brauchen, Weiber, aber nicht vierzehnjährige Mädchen. Damit ist jetzt Schluss, kann sich gleich die andern auch abreißen. Becca kreischte dazwischen. Sie ließ sich von ihrem Vater nichts bieten. Vergriff sich im Ton, Gläser wären zersprungen, wenn sie welche gehabt hätten, und der Vater ging auf sie los.

Jessie war schon an der Tür gewesen, beinahe hätte sie es geschafft, fast hätte sie einmal nur, ein einziges

Mal, ordnungsgemäß ihren Plan durchgezogen. Jetzt musste sie dazwischen und die beiden beruhigen.

Denn auf »vom ersten Tag Gymnasium zurückkommen und zwei Leichen finden« hatte sie auch keinen Bock.

Als sie es geschafft hatte, den Vater zu Mechanic-Mike zu schicken, um sich ums Wasser zu kümmern und Becca mit einem Kanister zum Fluss, war sie zu spät. Wie eine Irre trat sie in die Pedale von Tante Sannes Klapprad. Egal, sie würde das Ding rocken, sie würde Abitur machen und dann ein anderes Leben führen. Ohne den versoffenen Vater und die durchgeknallte Schwester. Nicht in einem Wohnwagen, wo nichts funktionierte. Und ohne die Mutter sowieso.

Auf dem Schulklo ordnete sie sich die Haare, schminkte sich nach und starrte in ihre knallgrünen Augen. Yes. Dann stand sie vor der Klassenzimmertür, holte einmal tief Luft und ging hinein.

## 3. KAPITEL

Erste Schultage sind immer gleich. Alle kommen voll entspannt aus dem Urlaub, können »bitte« und »danke« und »fick dich selbst« in anderen Sprachen sagen und haben sich ansonsten nicht verändert. Maja fuhr im Sommer nie weg. Hochsaison im Hotel, weil Leute aus anderen Städten und Ländern eben bei ihnen Urlaub machten. Ebenso im Herbst, im Winter und an Ostern. Aber ihr war das nur recht. Die Eltern Tag und Nacht im Hotel, alle anderen weg, Maja allein zu Haus.

»Willst du nicht Friederike besuchen? Die wohnen doch da nicht weit weg vom Meer und so.« Langsam war ihrer Mutter Majas, sie nannte es Häuslichkeit, wohl doch unheimlich geworden. Aber Drieke war auch im Urlaub. Sechs Wochen Amerika, ihr Vater hatte dort zu tun. Wegen des neuen Jobs. Der schuld war. Maja allein zu Haus.

An diesem ersten Schultag, in der elf, war der Klassenverband aufgelöst und man sortierte sich nach den gewählten Kursen. Maja hatte einen Tisch für sich, was so etwas Ähnliches wie ein Glücksgefühl bei ihr auslöste. Außerdem waren einige der Duckfaces verschwunden. Das versprach Ruhe und Konzentration auf die Sache. Genau wie Herr Tauke. Er war vollkommen humorfrei und fest davon überzeugt, dass jeder Mathe konnte, wenn er nur wollte und fleißig genug war. Verlangte viel, kam aber auch viel bei raus. Gerade erklärte er, welcher Stoff bis zum Abi abzuarbeiten war und wie er vorzugehen gedachte, da ging polternd und viel zu schwungvoll die Tür auf und eine Neue platzte herein. Zumindest hatte Maja sie noch nie gesehen. Voll stylisch, voll cool und laut.

»Hey, ich bin Jessie. Was geht?«

Maja seufzte und beugte sich wieder über ihre Zeichnung. Herr Tauke mit Schwert statt Kreide. »Also, bevor ich mich jetzt artig vorstellen soll oder so, ich war in der Gesa und wegen krasser Schlauheit mache ich jetzt hier weiter.«

Sie schaute sich um, fand einen leeren Platz am anderen Ende des Klassenzimmers und setzte sich in Bewegung.

In ihrem Bauchnabel ein Piercing, das Top so kurz, dass man es auch gut sehen konnte.

Tauke sagte nichts, sondern ging wortlos die Kursliste durch, bis die Neue sich hingesetzt hatte.

»Jessica Jung?«

»Yep.«

Er machte einen Haken und verschränkte die Arme. »Ich war gerade dabei die Anforderungen für die zwei Jahre bis zum Abi zu erläutern. Wenn Sie pünktlich gewesen wären, wir beginnen hier um acht, hätten Sie wissen können, was auf Sie zukommt.«

Maja schaute hoch und sah, wie Jessica Jung einen zerfledderten Block und mehrere abgekaute Bleistifte aus ihrem Rucksack holte und sich demonstrativ in Habachtstellung setzte.

»Ich bin bereit. Wie war gleich Ihr Name?«

Tauke blieb der Mund offen stehen und Maja rechnete mit einem Donnerwetter vom Feinsten. Jeder hier hatte das schon mal abbekommen, es gehörte nicht viel dazu, viel weniger, als sich nicht zu entschuldigen, weil man zu spät gekommen war. Nur Maja nicht. Maja hatte in Taukes Augen noch keinen Fehler gemacht.

Es war ganz still im Klassenzimmer. Die Neue schaute mit hochgezogenen Augenbrauen von Tauke zu den Schülern, tat so, als könnte sie sich gar nicht erklären, was hier los war und zuckte Richtung Maja mit den Schultern. Sofort verschwand die hinter ihrem Haarvorhang, bloß kein Kontakt, bloß nicht rein in das Boot von der, lass mich in Ruhe, radierte das Schwert weg und zeichnete stattdessen eine Bombe in Taukes Hand.

»Gut, fahren wir fort«, sagte der in dem Moment, alle atmeten wieder und die Stühle knarzten, weil Bewegung in die Schüler kam. »Jessica, Sie können sich nach der Stunde gerne an Maja wenden.« Er zeigte auf sie. »Da bekommen Sie auf jeden Fall zuverlässige Informationen.«

Diese Jessie hob den Daumen Richtung Maja, die maximal genervt nicht reagierte. Sie wollte nicht mit der reden!

Weswegen sie sich auch möglichst schnell aus dem Staub in die Pause machte. Nicht nett, schon klar, aber mit solchen Hip-Hop-Girls konnte sie wirklich nichts anfangen. Die würde sicher jemanden anderes finden, der sie auf den Stand bringen konnte. Maja verzog sich auf ihre Bank in der hintersten Ecke des Schulhofes und ging die Notizen für Bio aus dem letzten Jahr durch. Dabei kaute sie auf einem Pumpernickel und dachte an Drieke, die mehrere Tage damit verbracht hatte, eine Pumpernickelsuchtklinik ausfindig zu machen, da Maja sich beinahe ausschließlich davon ernährte und echt schlechte Laune kriegte, wenn keins mehr im Haus war.

»Stehst wohl nicht auf andere?«

Jessie verdeckte die Sonne und als Maja aufschaute, konnte sie nur ihre dunklen Umrisse erkennen. Sie schirmte ihre Augen ab und schüttelte den Kopf. »Kein Problem, ich steh auch nicht auf solche wie dich.«

Warum setzte sie sich dann neben sie? Auf diese Bank, die Einzige, die sie vergessen hatten auszutauschen und die deswegen keine Farbe mehr hatte, stand Maja, das wusste jeder. Jessie lehnte sich zurück, machte sich eine Zigarette an und warf einen Blick auf das Pumpernickel in Majas Hand, in das sie jetzt nicht mehr reinbeißen wollte, falls sie was sagen musste. Wie alle dachte sie sicher nichts Gutes über diese Art von Brot, und Leute, die es mochten, saßen im selben Boot. Bei der hatte es heute Morgen wahrscheinlich Papaya mit fettarmem Joghurt, Crunch und Ahornsirup gegeben, sowie die besten Wünsche für den ersten Tag auf dem Gymnasium, für den die Mutter so gekämpft hatte.

»Auf dem Schulhof darf man nicht rauchen.«

Jessie sog den Rauch ein und hielt Maja die Schachtel hin. War ihr wohl egal.

»Was willst du?«, presste Maja hervor und versteckte sich hinter ihren Haaren.

»Der Typ hat gesagt, du sollst mich einweihen in eure ach so geheimen Geheimnisse.«

Maja schaute sie an und war genervt von ihrem Ton, ihrer Selbstverständlichkeit, davon, dass ihr anscheinend ziemlich klar war, wie gut sie aussah und wie einfach sie nur da war.

Sie strich ihre Haare zurück. »Der Typ heißt Herr Tauke und es gibt keine Geheimnisse. Zuhören, mitschreiben, Hausaufgaben machen, pünktlich sein.«

Jessie grinste. »That's it? Da fragt man sich ja echt, warum ihr immer so ein Trara um euch macht.«

Maja wollte ihr gerade antworten, dass hier keiner Trara machte, außer sie, da kamen Jonas und Nils angeschlendert, auch Mathe. Sie hatten sie schon die ganze

Zeit beobachtet und das Schlendern sah aus wie einstudiert, wir sind lässig, merkst du das etwa nicht?

»Hey neue Jessie.«

Sie hielt ihnen die Zigarettenschachtel hin, weil klar war, was sie für einen Vorwand benutzen wollten, um sie anzuquatschen.

»Rauchen ist aber verboten hier«, sagte sie grinsend und stand auf. »Wo chillt ihr denn so?«

Die Jungs nahmen sie in ihre Mitte. »Aschenbahn. Passt, oder?« Sie lachten und gingen weg, ohne Maja noch eines Blickes zu würdigen.

Die biss ein kleines Stück vom Pumpernickel ab, ließ es in ihrem Mund weich werden, bis es in seine Einzelkörner zerfiel, und schaute ihnen nach. Jessie, die strahlende Heldin in der Mitte, alle Aufmerksamkeit auf sich, beide Jungs beugten sich zu ihr und redeten gleichzeitig auf sie ein. Sie war angekommen und in diesem Moment für Maja eigentlich gestorben. Wäre da nicht ausgerechnet Drieke gewesen, die ihr ein Versprechen abnahm und sie so zwang, das Haus zu verlassen.

## 4. KAPITEL

Vollkommen unerklärlich. Schleierhaft. Ein Rätsel. Was meinte der Tauke damit? Und wenn er so was nicht ordentlich erklären konnte, dann sollte er doch lieber zur Straßenreinigung. Oder Quittungen sortieren. Irgendwas, wo er ihr nicht auf den Sack ging, und vor allem der weitere Verlauf ihres Lebens nicht von ihm abhing.

Jessie schnaubte und schaute auf ihr Handy. Kurz nach vier, gleich würde ihr Vater von der Scheißmaloche kommen und dann war eh Schluss mit Lernen. Sie suchte im Internet nach einem Erklärvideo zum Thema und fingerte nach ihren Kopfhörern.

Kurz nach vier kamen die meisten Dauercamper der »Schönen Aussicht« von der Arbeit zurück, wenn sie eine hatten, und dann gab es erst mal ein Feierabendbier auf der Piazza. Das war der staubige Platz in der Mitte der runtergekommenen Wohnwagen. Um die Feuerstelle, eine alte Betonmischwanne, standen Klappstühle, Hocker und Kisten. Sie verfaulten da im Sommer und im Winter, genau wie die Leute, die sich daraufsetzten, Bier tranken und sich entweder ihr mieses Leben oder ebenso miese Witze erzählten. Je mehr Feierabendbiere es wurden und je später der Abend, umso lauter lachten sie, stritten oder jagten stolpernd Glühwürmchen.

Kurz nach vier, verdammt. Jessie spähte nach draußen, sah aber nur Becca, die gerade auf den Wohnwagen zustöckelte. Sie setzte den Kopfhörer auf und stellte das Video lauter.

»... die Grafik zeigt die Funktion f(x) = 2 in einem Koordinatensystem. Jedem sollte auffallen, dass diese Funktion keine Steigung hat. Dies erkennt man daran, dass der Kurvenverlauf weder ansteigt noch abfällt. Wir halten fest: Die Steigung ist m = 0.«

Becca zog Jessie den Kopfhörer vom Ohr. »Was hörst du da?«

»Da spricht jemand über dein Leben«, ätzte Jessie und machte das Video aus.

Becca kickte sich die Pumps von den Füßen und ließ sich zu ihr auf die Bank fallen. Der war sowohl der Schwung als auch das Gewicht von zwei Leuten eindeutig zu viel. Sie krachte zusammen.

Beide Mädchen hatten keinen Ton von sich gegeben, saßen zwischen den Trümmern der einzigen Sitzgelegenheit, schauten sich an und grinsten. Das Tolle daran, erschüttert zu sein, ist, dass einen nichts mehr erschüttert. Außer abgebrochene Fingernägel natürlich. Jessie zündete sich eine Zigarette an und gab Becca auch eine, egal, wusste sie doch eh, dass die alles rauchte, was ihr in die Finger kam. Sie dachte daran, dass so viel möglich gewesen wäre, zum Beispiel auch nicht rauchen oder ein fettes Sofa in einem normalen Wohnzimmer, das mehr als einen aushielt. Jessie dachte das oft. Irgendwann war jeder mal auf die Welt gekommen, im Normalfall als blitzsauberes, rosiges Baby. Sogar Mechanic-Mike. Komplett unschuldig, ohne jeden Plan oder Gedanken, einfach: »Hallo, hier bin ich, was geht?« Und dann gaben die Eltern die Richtung vor, nannten die Babys Jessica, Rebecca oder Michael und nahmen sie mit auf ihren Weg, wie auch immer der aussah. Die Babys hatten keine Wahl, es wurde gesägt und gehobelt, geknetet und gefeilt bis Michael eben Mechanic-Mike war und ohne Hose Wasserleitungen nicht reparierte.

»Weißt du noch, als wir am Meer waren?«

Becca zog die Augenbrauen zusammen. »Wir?«

Jessie nickte. »Da warst du vier oder so. Und stinksauer auf die Wellen, weil sie deine Fußabdrücke im Sand weggespült haben.«

Becca drückte die Zigarette an der kaputten Bank aus und zuckte mit den Schultern. »Wir alle?«

»Die ganze wunderbare Familie.«

»Leute, Leute, Leute, das mach ich nicht mehr lange mit. Arbeiten, Bier trinken, arbeiten, Bier trinken. Das ist doch zur Hölle kein Leben.«

Ihr Vater war draußen angekommen und hatte sich auf der Piazza niedergelassen.

»Nee, Jo«, getauft hatten seine Eltern ihn auf Johannes, und wer weiß, was sie eigentlich mit ihm vorhatten. »Nur Bier trinken, das wär's!« Mechanic-Mike war auch da.

Becca rappelte sich aus den Trümmern der Bank hoch. »Gehst du heute in die Corner?«

Jessie nickte. Sie hatte die Crew jetzt seit zwei Wochen nicht gesehen. Höchste Zeit, es juckte sie schon seit Tagen in den Fingern. Das Sprayen war wie eine Sucht für sie geworden. Sie stand auf und klopfte sich die Klamotten ab.

»Du bleibst aber zu Hause!« Es war ein Versuch.

Seit Mama weg war, ging Jo automatisch davon aus, dass Jessie sich um die kleine Schwester kümmerte. Aber das war quasi unmöglich, wenn man sich nicht mit einem Gewehr im Anschlag neben sie setzte und niemals schlief. Becca war mit allem ausgestattet, was man als Frau im Nachtleben so brauchte, niemand schätzte sie auf den ersten Blick auf vierzehn, und in ihrem Kopf hatten sich sämtliche Synapsen voneinander losgemacht, schwirrten halt- und ziellos umher. Becca war ein Feierbiest und wenn sie kam, gab es immer ein großes Hallo.

Sie wedelte mit der Hand vor Jessies Gesicht herum. »Als ob. Wenn Jo hier reinkommt und das mit der Bank sieht, bin ich dran.«

»Kannst doch nichts dafür.«

Becca schaute Jessie an, als hätte sie den Knall nicht

gehört, und die sah es ein. »Okay, wird ihm egal sein … aber morgen ist Schule. Wie läuft's eigentlich?«

Die kleine Schwester zuckte mit den Schultern und suchte in ihrer Kleiderkiste nach einem geeigneten Outfit für den Abend. »Scheiße, seit du nicht mehr da bist.«

»Kannst nächstes Jahr zu mir aufs Gymnasium kommen, wenn du dich reinhängst.«

»Weißt du, wo mein pinker BH ist?«

Becca hatte nie viel von der Schule gehalten, ihr Ehrgeiz flog im Gegensatz zu Jessies in eine ganz andere Richtung.

»Bennie vom Sub hat mich gefragt, ob ich hinter der Bar arbeiten will.«

Jessie schnaubte. »Das ist ein Klub.«

»Genau … ah, da ist er ja.« Becca warf einen kurzen Blick nach draußen, die Männer waren in eine Art Gespräch vertieft, zog sich aus und den pinken BH an.

»Du bist vierzehn.« Jessie hörte sich selbst reden, glaubte sich nicht, und bekam es natürlich sofort zurück.

»Und du sprayst illegal U-Bahnen voll.«

Jessie seufzte, fischte ihren Schulkram aus den Trümmern der Bank und wedelte mit ihrem Handy. »Du bist immer erreichbar.«

Becca drehte sich zufrieden vor dem Spiegelstück, das sie irgendwann gefunden und an die Klotür geklebt hatte.

»Hey, hörst du mich?«

»Ja-ha.«

Da holte Jessie ihr Messer aus der Hosentasche, ließ es aufschnappen und hielt es ihrer Schwester unter die Nase.

»He, mach das weg.«

»Du bist immer erreichbar!«

»Sag ich doch.«

Becca drückte sich an ihr vorbei und verschwand im Klo, der einzige Raum in diesem Wagen, wo man die Tür zumachen konnte.

Jessies Handy summte. Sie steckte das Messer wieder ein und las die Nachricht von Snup: *um acht hab plan.*

Auf dem U-Bahnhof war für einen Donnerstagabend jede Menge los. Jessie zog die Kapuze ihres Hoodies nicht hoch, schlenderte Bahnsteig 3 entlang und konnte deutlich Passanten von Writern unterscheiden, obwohl die natürlich ihre Kapuzen auch nicht oben hatten, waren ja nicht doof, immerhin liefen ein paar Polizisten herum. Betont locker, ebenfalls genau wissend, wer die Sprayer waren. Wie ein Tanz oder kurz vor einem Kampf.

Jeder wusste, wer der Feind ist, jeder wäre sofort bereit gewesen durchzustarten.

Jessie liebte dieses Gefühl und merkte erst jetzt, wie sehr es ihr die letzten zwei Wochen gefehlt hatte.

Sprühen war wie ein Ventil. Alles, was sich aufgestaut hatte, kam raus, jeder Knoten wurde aufgezogen. Heute ein gutes Piece, dann wäre Mathe Kleinkram morgen.

Die letzten Nächte hatte Jessie in ihrem Blackbook entworfen, skizziert, geübt und verfeinert. Sie war ehrgeizig, wollte unbedingt besser werden. Sprühen immer auch eine Battle, wer war der Beste, wurde bewundert, wer erreichte den größten Fame. In der Szene natürlich, und da kannten sie sich ja auch alle, zumindest die, die in der höheren Liga spielten. Nur mit ihren Writernamen, mehr nicht, keiner konnte den anderen verraten, sollte er von der Polizei gecasht werden.

»Elektra!« Snup lehnte lässig an den versifften Kacheln, neben ihm Häcker Ädäm, sie klatschten sich ab.

»Endlich, Mann. Biste nicht auf Entzug?«

»Voll!« Jessie nickte ernst und setzte sich auf ihren Rucksack. So konnte sie reden und trotzdem alles im Blick behalten. »Ziemlich viele Bobs unterwegs!«

Snup grinste, so wie man es tat, wenn man mehr wusste und daraus eine große Nummer entstehen wird.

Jessie kniff die Augen zusammen, beobachtete die Leute. Die »Coolios« waren da, »Irr und Wahn« und noch ein paar andere. Fly natürlich nicht. Der Star der Szene ging seiner eigenen Wege, schloss sich keiner Crew an und war trotzdem immer der Beste. Aber die Elektras blieben dran, Jessie ballte die Faust.

»Tobi zu spät?«

»Tobi zu spät.« Snup und Äd ließen sich an der Wand zu ihr runter.

»Plan?« Der sollte jetzt endlich mit der Sprache rausrücken.

Snup fing an zu reden, ohne eine Miene zu verziehen, während die anderen beiden hierhin und dorthin schauten und so taten, als würden sie ihm gar nicht zuhören.

»Morgen kommt irgend so ein hohes Tier in die Stadt, Politik, Wirtschaft, keine Ahnung. Deswegen die Bobs. In seiner schwarzen Limo fährt er an der Ruine vorbei, Sontheimerstraße ...« Jessie nickte ungeduldig. Das war die bekannteste Ruine, die sie hatten, aber wenn Snup was wusste und die anderen nicht, wurde er zum Klugscheißer. Musste man aushalten, war nicht zu verhindern. »Der fährt da also vorbei, blättert so in seinen Papieren, damit er alle Fakten im Kopf hat oder nix falsch macht bei seiner Rede zum Klimawandel oder zur Lieferung von Rotorblättern ...!«

»Komm zum Punkt!«, zischte Jessie. Geduld war nicht ihre Stärke.

»... und genau bei der Ruine schaut er hoch, weil zum Beispiel der Fahrer sagt, bitte rechts gucken, das ist unsere berühmte Ruine, das haben Sie sicher gehört, da ist vor round about 150 Jahren das Stadtschloss abgebrannt ... und dann sieht er das Piece. Elektra! Bäm!«

Zwei Polizisten blieben demonstrativ bei ihnen stehen, spielten an ihren Gürteln, in denen allerhand Werkzeug steckte, Handschellen zum Beispiel, ein Schlagstock, eine ordentlich verpackte Knarre. Die riechen, wenn was im Busch ist, bei solchen Events natürlich besonders, und sie riechen irgendwie auch, wer von den Writern vor hat, sich zu trauen, und wer nicht.

»... und da muss ich dann echt zu meiner Oma. Zwei Wochen, mit Weihnachten und Silvester.« Ädäm redete nicht viel, aber immer, wenn es wichtig war und dann auf den Punkt. »Früher war die ja lustig, und da fand ich's auch cool auf dem Land, aber hey, außer meiner Oma wohnt da kein Mensch mehr ...« Die U17 fuhr ein. Äd redete munter weiter, obwohl ihn keiner mehr verstehen konnte und die Polizisten hatten genug gehört und mussten den Leuten erklären, erst aussteigen lassen, dann einsteigen, ein lahmer Beruf, immer das Gleiche.

»Bist du irre?« Jessie beugte sich leicht zu Snup und redete leise laut. »Da ist doch alles gesperrt und abgesichert und die Bobs campen in ihren Tarnzelten vor Ort. Außerdem ist heute Vollmond. Wir lassen uns im Scheinwerferlicht erwischen. Bravo!«

Die Jungs grinsten sich an. »Äd hat die Aktion gut vorbereitet. Wir hatten ja Zeit.« Jessie schaute von einem zum anderen. Die meinten das wirklich ernst. Und auf Häcker Ädäm war in der Hinsicht Verlass.

Jeder hatte seine Aufgabe, etwas, was er besser konnte als die anderen in der Crew. Ädäm Wege rausfinden, Codes knacken, Passwörter, er konnte alles im Netz. Und Jessie kribbelte es im ganzen Körper.

»Wann geht's los?« Tobi stand vor ihnen, und sah wie immer aus, als wäre er gerade aus dem Bett gefallen. Tobi konnte am besten zu spät kommen.

## 5. KAPITEL

*... Du bist gemein! Mein Anti-Draußen-Konzept funktioniert ganz ausgezeichnet. Mir fehlt nichts und ich bekomme auch keinen Husten. Und du? Dauernd im Meereswind unterwegs? Kein Wunder. Da helfen auch deine kleinen, blauen Blumen nicht. Ich glaub eh, dass sie nur hier helfen. Am Ende der Welt gibt es andere Gesundmacher oder keine ...*

Es war nicht das, was Maja wirklich dachte. Blueblooms halfen immer und überall. Bei Vollmond um Mitternacht gepflückt, zwei Wochen zwischen einem romantischen Liebesroman und einer Vampirgeschichte getrocknet, gemörsert und in heißem Wasser in der Freundinnentasse als Tee verabreicht, schon war der Husten weg. Schnupfen, Kopfweh, Traurigkeit, wie weggeblasen. Einmal hatten sie ihn sogar für Majas Mutter zubereitet, in diesen Tagen, aber die hatte leidend gewimmert und keine Zeit gehabt für Kinderspiele. Selbst schuld. Das Blöde war, dass Maja keinen Vorrat mehr hatte.

Um Drieke diesen Tee schicken zu können, musste sie erst mal die Blumen holen, und dafür wiederum durch die ganze Stadt. Aber sie konnte ihr ja auch den Tee nicht nicht schicken. Was war sie denn dann für eine Freundin? Nur weil Drieke sich aus dem Staub gemacht hatte und sie ihr das nie verzeihen würde, deswegen konnte sie ihr doch nicht nicht den Tee schicken.

*... na gut, ich mach's. Weil du es bist, wegen dir. Es ist eine Ausnahme und es bedeutet nicht, dass ich jetzt wieder öfter rausgehe, falls das die List sein soll, die hinter deiner Bitte steckt. Du weißt, dass ich nachts allein Angst habe, wenn du nicht da bist, wie sonst. Und du weißt auch, dass du die Geister verstehst und sie besänftigen kannst, während ich ihnen bis aufs Blut ausgeliefert bin und die Aktion wahrscheinlich nicht überleben werde.*
*Aber ich mach's und fordere dafür zwölf Muscheln, die noch nicht offen sind, drei glatte Steinscheiben, die ich über den Fluss schnippen kann, wenn ich später mit meinen Enkeln wieder rausgehen muss, und bedingungslose Liebe. Du fragst dich, wie ich zu den Enkeln komme? Stimmt auch wieder, also keine Schnippsteine ... love u, Maja*

Vollmond. Maja schulterte ihren Rucksack, zog den Reißverschluss ihrer Jacke bis obenhin zu und verließ das Haus. Die Eltern waren auf einem Geschäftsessen, schauten aber nicht mehr in das Zimmer ihrer Tochter, ob sie auch schlief. Maja war ja eh immer da.

Sie schnappte sich das Rad und trat ordentlich in die Pedale. Erste Herbstnebelschwaden zogen über den Fluss und es waren kaum Leute unterwegs. Also lebendige Leute, Geister wahrscheinlich schon. Der Mond tauchte nur ab und zu hinter den Wolken auf, sein stählernes Licht und das Schlechte-Laune-Gesicht, das er aufgesetzt hatte, machten es aber nicht besser.

»Du bist ein Schisser!« Drieke hatte da nur lachen können, und Maja beneidete sie ein bisschen um das komplette Fehlen von Angst. Sie preschte die Uferstraße entlang, durch den dunklen Park, bretterte über einen holprigen Feldweg und erreichte endlich die Bluebloomswiese. Sie hatten sie zufällig auf einem ihrer Streifzüge entdeckt und sofort die Magie dieser tausend kleinen Blümchen erkannt. So im Mondlicht, wie ein Teppich, nur blau. Ihre Wirkung war schon beruhigend, weil sie da waren. Maja stellte das Fahrrad ab und zog ihre Schuhe aus. Sie wollte vorsichtig sein und nicht mit ihren schweren Boots zwischen ihnen herumtrampeln. Barfuß ging sie leise in die Mitte des Feldes, legte sich hin und schaute in den Mond, der in diesem Moment auftauchte. Mit flachen Händen fuhr sie vorsichtig über das Bluebloommeer und holte sich die Erlaubnis, ein paar von ihnen zu pflücken. »Für Drieke. Ihr erinnert euch doch?«

Als sie mit ihrem vollen Rucksack den Rückweg antrat, war es weit nach Mitternacht.

Obwohl Maja sich ruhig fühlte, beschloss sie, lieber durch die Stadt zurückzufahren, und wunderte sich kaum, dass die alte Ruine großräumig abgesperrt war. War sie eigentlich fast immer, wenn irgendwelche wichtigen Leute zu Besuch kamen. Es gab ja so viele wichtige Leute, dass die unwichtigen ihr schon fast wichtiger schienen.

Maja schob das Fahrrad unter dem Absperrband durch. Sah sie gar nicht ein, einen ewigen Umweg zu fahren, nur weil morgen irgendwer wichtig war. Sie radelte an der Ruine vorbei, schaute gar nicht hin, meinte aber plötzlich aus den Augenwinkeln eine Bewegung zu sehen, Schatten huschen. Driekes Geister? Sie fuhr hinter eine Litfaßsäule und spähte zu der alten Mauer. Tatsächlich bewegten sich dort dunkle Gestalten, Maja zählte vier, eine Dose oder so etwas schepperte auf den Boden, leises Fluchen und Beschimpfungen, kurze Stille, dann machten sie weiter. Sprayten an die Mauer, jetzt konnte Maja es deutlich hören und der Geruch der Farbe waberte zu ihr rüber. Die machten da ein Graffiti auf die berühmte Schlossruine für den Gast morgen. Das war mutig. Maja schaute sich um. Es war höchst wahrscheinlich, dass sich Polizei in der Nähe aufhielt.

»Tsch, Elektra, komm mal hier hin«, zischte eine Jungsstimme und ein Mädchen löste sich aus der Truppe, um weiter rechts etwas auszubessern oder aufzuwerten. Vielleicht konnte sie irgendwas besonders gut, eine Technik oder so. In diesem Moment verzogen sich die Wolken und der Mond erhellte den Ort des Geschehens. Und das Mädchen. Es war Jessie, die Gestorbene. Jessie mit irgendwelchen Jungs. Der Mond kam ihnen nicht gelegen, sie zogen ihre Kapuzen tiefer, schauten in den Himmel, Scheißmond, hoffentlich kommen bald wieder Wolken, und da sah Maja, gut versteckt hinter ihrer Säule die zwei Polizisten. Noch gingen sie langsam, patrouillierten nur, schauten sich um und entdeckten dann die Sprayer.

»Hey, was macht ihr da?«, schrie der eine und sie sprinteten los. Genau wie Jessie und die Jungs. Ließen die Spraydosen fallen, schnappten nach ihrem Zeug, Rucksäcke, Taschen und stoben in alle Richtungen auseinander.

Die Polizisten mussten sich entscheiden, einer verfolgte Jessie, der andere jagte den Jungs hinterher. Eine Weile hörte Maja die schnellen Schritte, Rufe und Keuchen, dann wurde es still. Sie wartete ein paar Minuten, Stunden oder Jahre, dann schob sie ihr Fahrrad hinter der Säule vor Richtung Mauer und blieb vollkommen baff vor dem Kunstwerk stehen.

Elektra – in riesigen runden Buchstaben, mit Schatten

und Spiegelungen und Blasen außen herum. Hammer. Das hätte sie Jessie nicht zugetraut, das sah wirklich, wirklich wunderschön aus. Und der Mondscheinwerfer machte es perfekt. Sie trat ein paar Schritte zurück und auf ein Handy, das umgedreht auf dem Boden lag. Es war Jessies, das erkannte sie sofort an der Hülle, die sie mit Edding vollgeschrieben hatte. Graffitistyle natürlich. Maja hob es auf, schaute sich um, als würde sie etwas Verbotenes tun, und steckte es ein. Morgen in der Schule konnte sie es ihr zurückgeben. Plötzlich drangen Männerstimmen zu ihr, wahrscheinlich die Polizisten, die zum Tatort zurückkehrten, oder Jessie geschnappt hatten und sie zu ihrem Polizeiwagen bringen wollten. Sie würden sie hineinschieben, dabei ihren Kopf runterdrücken und ihr das Recht zu schweigen unterbreiten. Nicht gerade Jessies Stärke.

Maja schwang sich eilig auf ihr Fahrrad, fuhr ein Stück aus dem Mondlicht raus und drehte sich dann noch mal um. Die Polizisten waren allein und suchten den Tatort ab. Hätten sie Jessies Handy gefunden, wäre sie spätestens jetzt dran gewesen.

Zu Hause war alles dunkel und still. Maja schlüpfte in ihr Bett und merkte plötzlich, dass sie todmüde war. Aber wie würde es Jessie gehen?

Sicher hatte sie längst gemerkt, dass sie ihr Handy verloren hatte, und sehr sicher konnte sie kein Auge zumachen, musste sie doch jeden Moment davon ausgehen, dass die Polizei klingeln würde. Maja stand auf und versuchte irgendwie das Handy zu öffnen. Aber es war natürlich gesichert und sie kannte das Hip-Hop-Girl zu wenig, genauer gesagt gar nicht. Keine Ahnung, was ihr Code sein könnte. Keine Ahnung, wo sie wohnte. Keine Chance, Jessie zu erreichen, auch Insta oder Twitter wären zwecklos, sie hatte ja eben kein Handy. Das lag bei Maja auf dem Bett. So musste sie sie wohl oder übel schmoren lassen. Und verschlief am Morgen zum ersten Mal in ihrem Leben.

## 6. KAPITEL

Jessie saß in ihrer Bank und wackelte nervös mit dem Bein. Tauke redete und redete, schrieb die ganze Tafel voll, Chinesisch nichts dagegen.

Das zugegebenermaßen geniale Piece von gestern verschaffte ihr nicht die Ruhe und Befriedigung, die sie sich erhofft hatte. Und nur wegen dem Scheißhandy. Das war ihr noch nie passiert. Goldene Regel: Alles gut verstaut am Körper tragen, damit nichts verloren ging oder zurückblieb, falls Flucht erforderlich. Natürlich hatte sie darauf geachtet. Gerade bei so einer gefährlichen Aktion, quasi vor den Augen der Polizei, dann aber versucht Becca zu erreichen, die nicht ans Handy gegangen war, was hatte sie auch anderes erwartet. Tanzte auf den Tischen im Sub mit hoffentlich was an und nur aus Spaß. Dann kam der Mond, Tobi brauchte sie an anderer Stelle, sie konnte sich nicht erinnern, ob sie das Handy eingesteckt oder was sie überhaupt damit gemacht hatte. Automatisiertes Verhalten nicht unter Kontrolle. Die Flucht war nicht so spektakulär gewesen, für sie zumindest, sie hatte bis jetzt keine Ahnung, ob einer von den Jungs erwischt worden war.

Als sie viel später an den Ort des Geschehens zurückkehrte, voll panisch und in der Hoffnung darauf, Glück zu haben, war ihr Handy nicht mehr aufzufinden. Konnte sie sich eigentlich auch gleich stellen. Die Polizei hatte es entdeckt und mitgenommen, für die würde es kein Problem sein, die Besitzerin ausfindig zu machen. Mit offenen Augen und in voller Montur hatte sie auf ihrer Pritsche gelegen und darauf gewartet, dass es klopfte. »Polizei, machen Sie die Tür auf!« Stattdessen stolperte gegen fünf Becca in den Wohnwagen. Jessie wollte sofort auf sie losgehen, hatte aber keinen Sinn, die war dicht bis obenhin, kein Rankommen. Trotzdem musste sie eigentlich etwas unternehmen, sie irgendwie beschützen und verhindern, dass sie total unterging. Aber wie?

»Jessica? Würden Sie bitte nach vorne kommen und eine Aussage machen?«

Jessie schreckte hoch. »Was?«

Tauke schaute sie ungeduldig an. »Sie sollen bitte die Aufgabe machen. Vorausgesetzt Sie sind anwesend.«

Jessie starrte an die Tafel und hatte keinen Schimmer. »Ich …«

In diesem Moment ging die Tür auf und Maja kam rein. »Entschuldigung.«

Tauke zog die Augenbrauen hoch, denn das war ja nun ganz was Neues. Maja lächelte ihn verklemmt an, die Sache war der alten Streberin offensichtlich selbst ziemlich peinlich, huschte an ihrem Platz vorbei, direkt auf Jessie zu, legte ihr das Handy auf den Tisch und verschwand eilig in ihrer Bank.

Jessie war wie vor den Kopf geschlagen. Starrte ihr Handy an, dann zu Maja, die ihren Ordner beim Fach Mathe aufschlug und sich hinter dem Haarvorhang versteckte, wieder auf das Handy und dann hielt sie nichts mehr auf ihrem Platz. Sie sprang auf und wedelte mit ihrer wieder gewonnen Freiheit in der Luft herum.

»Wow, wo hast du das her? Wie hast du das gemacht? Weißt du, wie geil das ist, wie unendlich geil?« Maja musste tatsächlich grinsen, wurde aber sofort wieder ernst, als Herr Tauke zu einem seiner berühmt berüchtigten Tobsuchtsanfälle ansetzte. Das war hier doch kein Affenstall!

»Na ja, aber ein Schweigekloster ist es ja auch nicht. Man wird sich ja wohl mal freuen dürfen«, konterte Jessie und setzte sich wieder.

»Das hier ist Mathematikunterricht Oberstufe, und hier haben Handys so oder so nichts verloren«, zischte Tauke, dann wandte er sich an Maja. »Und Sie kommen einfach so zu spät? Seit wann das denn? Dann bitte ich Sie jetzt wenigstens nach vorne. Sie können die Aufgabe lösen.«

Jessie lehnte sich zurück und atmete tief ein und aus. Das hätte sie nicht gedacht, aber heute war tatsächlich ihr Glückstag. Dann checkte sie unterm Tisch ihr Handy, ob die Crew mit heiler Haut davongekommen war.

Maja schaute an die Tafel, zu Herrn Tauke und schüttelte dann den Kopf. »Tut mir leid, Herr Tauke, ich konnte das gestern nicht machen, ich muss das nachholen. Entschuldigung.«

»Entschuldigung, Entschuldigung. Das ist auch nicht für alles das Zauberwort. So was bin ich von Ihnen nicht gewohnt, Maja, überhaupt nicht. Lassen Sie das nicht einreißen und sehen Sie zu, dass Sie nicht unter schlechten Einfluss geraten.« Er schaute nicht zu Jessie, aber es war ziemlich klar, dass er sie damit meinte. Nicht, dass die das nicht gewohnt war, oder dass ihr das etwas ausgemacht hätte, aber wie taten- und wortlos Maja sich zusammenfalten ließ, das brachte sie mächtig auf die Palme.

»Wer gibt Ihnen das Recht, so mit Maja zu reden?«, mischte sie sich ein. »Hey Maja, sag was, lass dir das nicht gefallen, du kannst immer alles, du bist immer da und wenn einmal nicht, soll eine Entschuldigung nicht gelten? Los, mach den Mund auf!«

Maja starrte sie an und wirkte plötzlich total verwirrt, als wäre ihr Kopf leer, als stünde eine riesige Armee vor ihr, alle Schwerter auf sie gerichtet.

»Sie mischen sich nicht ein, Jessica! Und glauben Sie ja nicht, heute wäre ihr Glückstag, ich habe Sie nicht vergessen.«

Jessie blitzte Maja herausfordernd an.

Ihre Augen flogen hin und her, von Jessie, zu Herrn

Tauke, zur Tafel, über die anderen, die froh darüber, nicht selbst dran zu sein, gespannt zuschauten, wieder zu Jessie.

Und Tauke hatte nun wirklich keine Geduld mehr. »Maja, kommen Sie jetzt bitte nach vorne? Oder soll ich auf die Knie fallen?«

Maja sprang auf, schnappte ihre Tasche und den Ordner und rannte raus.

Tauke schüttelte nur den Kopf, nahm Jessie ins Visier und machte eine einladende Geste zur Tafel.

Geschenkt. Nicht wichtig. Nur eine schlechte mündliche Note. Jessie interessierte viel mehr, wie Maja an ihr Handy gekommen war, ob sie sie beim Sprayen gesehen hatte, und warum zur Hölle sie die Zähne nicht auseinanderkriegte.

Niemand konnte ihr sagen, wo sie wohnte, keiner wusste es. Das Mädchen, das für sie bis heute ebenso unsichtbar gewesen war, stand plötzlich im Mittelpunkt von Jessies Denken. Das Einzige, was sie von ihr wusste, war, dass sie anscheinend gerne Pumpernickel aß. Bis dahin hatte sie gedacht, das wäre ausschließlich ihr Lieblingsessen. Davon ab, dass es bei ihnen nie welches gab, »so kleine Scheiben für so viel Geld, wir sind doch nicht Krösus.«

Nach der katastrophalen Doppelstunde und ihrem desolaten Auftritt an der Tafel, schrieb Jessie der Crew, alles war in Ordnung, alle waren davongekommen, dann ging sie ins Sekretariat und leierte dem freundlichen Fräulein Majas Adresse raus. Eine von Jessies Spezialitäten: auf Anhieb heulen ... und sie brauchte doch unbedingt die Matheunterlagen, hatte nicht mitschreiben können, wegen ihrer Sehnenscheidenentzündung und morgen wäre sie bestimmt dran, was vielleicht sogar stimmte, Maja hatte das in Mathe verstanden, die Sekretärin kannte doch Herrn Tauke, da durfte man nicht ... Sie bekam ein Taschentuch und die Anschrift, und war ziemlich überrascht, als sie nach der Schule vor dem schönen alten Stadthaus stand, in dem Familie Tanner wohnte. Die hatten ja wohl Schotter. Lauter Erker, Balkone, ein Türmchen sogar. Warum hatte Maja denn immer so schlechte Laune? Bestimmt besaß sie ein Bad mit fließendem Wasser und das konnte wahrlich nicht jeder von sich sagen. Eine Prinzessin also. Jessie drückte auf die Klingel und hielt ihr Gesicht ganz nah an die Kamera.

»Hey Maja, ich bin's, deine liebe Jessie!«

Nichts passierte. Sie klingelte noch mal, diesmal länger und machte einen Fischmund fürs Bild. »Ich weiß genau, dass du da bist. Weißt du, was ich glaube? Du bist immer zu Hause in deiner Burg.«

Jessie klingelte Sturm. »Mach auf, Mann, ich muss mit dir reden!« Statt eines Summers wurde die Tür aufgerissen und Maja stand mit wütendem Gesicht vor ihr.

»Was willst du? Woher weißt du, wo ich wohne?«

Jessie trat einen Schritt zurück und hob abwehrend die Hände. »Hey, ich tu dir nichts. Wollte mich nur bedanken.«

»Bitte«, sagte Maja und setzte an, die Tür wieder zu schließen, aber Jessie ging dazwischen.

»Jetzt warte doch mal.«

Maja runzelte die Stirn. Was?

Jessie versuchte an ihr vorbei einen Blick ins Haus zu werfen. »Kann ich reinkommen?«

Da sah Maja aus, als hätte sie in dem Moment der Blitz getroffen, als wäre es eine absolut absurde Idee, einen Gast ins Haus zu lassen, und schüttelte den Kopf.

»Komm jetzt, ich muss paar Sachen wissen.«

Maja schüttelte wieder den Kopf und Jessie wurde sauer. »Alter, ich muss ein Referat mit dir machen. Zur Strafe. Für Tauke. Und das kann ich mir ganz schlecht allein ausdenken, denn dann verändert sich dein Superschnitt rasant Richtung abwärts.«

Maja musterte sie von oben bis unten, als könnte man es Jessie ansehen, ob sie log oder die Wahrheit sagte, dann schloss sie die Tür, lehnte sie aber nur an. »Warte kurz!«

Jessie salutierte und schaute sich um, tippelte mit dem Fuß, pustete sich auf die Fingernägel, pfiff, alles, was man so macht, wenn man im Film auf jemanden wartet und ziemlich ungeduldig ist. Dann stupste sie mit dem Finger die Tür an. Sie war neugierig, Maja tat ja gerade so, als wäre das ganze Haus vollgestopft mit Gold. Oder mit Leichen. Jedenfalls wollte Jessie ihr auf die Schliche kommen, doch gerade als die schwere Tür knarrend ein Stück weiter aufging, kam Maja raus und machte sie hinter sich zu. Sie hatte ihren Ordner dabei und eine Tasche und sah ausgesprochen mürrisch aus.

»Normalerweise gehe ich um die Uhrzeit nicht raus«, knurrte sie.

Jessie nickte, wie sie es sich schon gedacht hatte. »Dann lass uns doch reingehen!«

»Meine Mutter ist krank.« Sie stiefelte los und Jessie folgte, was sie ehrlich gesagt nicht gewohnt war, weil normalerweise alle ihr folgten, aber nun.

»Schlimm?«

Maja schüttelte den Kopf und zeigte auf die andere Straßenseite. »Da können wir hin.«

Sie gingen in den Park und setzten sich auf eine Bank. Mit Maja saß man wohl immer auf Bänken.

»Hast du Pumpernickel dabei?«

»War Herr Tauke sehr sauer?«

Jessie zuckte mit den Schultern. »Nutzt ihm ja nichts. Außer, dass er sich eine Unterrichtsstunde ausruhen kann, weil wir den Vortrag über bedingte Wahrscheinlichkeiten halten.«

Maja fischte ihr Mathebuch aus der Tasche und schlug nach. »Okay, hat er gesagt, wann?«

»Wo hast du mein Handy her?«

»Lag da ... ah, hier ist es.« Sie begann mit gerunzelter Stirn zu lesen.

»Wo?«

»Bei der Ruine. Elektra.« Okay, sie hatte es also gesehen. »Ziemlich mutig von euch.«

Jessie staunte. War das etwa ein Lob? Was Nettes? Maja blätterte ihr ein paar Seiten aus dem Buch vor. »Das hier alles, wir können es ja aufteilen, dann kann jeder für sich vorbereiten.«

Sie schlug ihren Ordner auf. Das Innere des Pappdeckels war voller Zeichnungen, schiefe Gestalten im Comicstyle. Maja wollte weiter zu Mathe blättern, aber Jessie hielt sie auf, zeigte auf einen männlichen Grießgram mit Bombe in der Hand. »Ha, ist das Tauke?«

Maja grinste. »Erkennt man das?«

»Hör mal, die Zeichnungen sind genial.« Jessie schaute weiter die Figuren durch, die übereinander miteinander durcheinander fielen, mürrisch oder hämisch grinsend, feixend oder weinerlich hysterisch. »Stopp, stopp, stopp, wer ist das?«

Eine rhetorische Frage, Jessie war deutlich zu erkennen, voll überschminkt, mit mehreren Zigaretten im Mund, aus den Ohren qualmend und vielen Sprechblasen mit Kraftausdrücken darin.

Maja zuckte mit den Schultern. »Sorry.«

»Hä, wieso, cooler geht's ja wohl nicht.« Jessie schaute sich ihr Abbild genau an. »So siehst du mich also?«

Maja wurde rot. »Es hat sich ein bisschen geändert, seit ich eure Schrift da ...«

»Piece, man nennt es Piece!«

»Also seit ich euer Piece entdeckt habe. Das war echt beeindruckend. So was könnte ich nie.«

Jessie winkte ab. »Bullshit!« Sie grinste. Schon wieder ein Kraftausdruck. »Quatsch. Wer so zeichnen kann, ist ein Sprayer. Reine Übungssache.«

»Mit der Perspektive und dem Lichteinfall, den Schatten und so?«

Plötzlich kam es Jessie vor, als würde Maja leuchten. In ihrer Begeisterung tauchte aus dem grauen Kokon ein bunter Schmetterling auf, kurz, schaute sich um und zog sich dann erst mal ängstlich wieder zurück. Aber er würde wiederkommen. Seine Neugier und der Hunger waren geweckt.

»Reine Übungssache, hast du einen Stift? Ich zeig's dir.« Jessies Hand flog über Majas Mathehausaufgaben von vorgestern, ein Strich hier, einer da, Schraffur, fett, Lichtfenster. »Siehst du?«

»Fuck the navy«, las Maja. »Fuck the navy?«

Jessie zuckte mit den Schultern. »Shitegal.«

Maja nickte. Dann holte sie ein eingewickeltes Pausenbrot aus ihrer Tasche und gab es Jessie.

»Ist von heute. Ich hatte ja keine Pause.«

»Cooler Abgang übrigens«, sagte Jessie und wickelte ein Pumpernickel mit dick Butter und Käse aus. »Nicht dein Ernst!« Sie hielt es in die Sonne, als wäre es der Star des Tages, der Mitarbeiter des Monats, das Wunder in Reinform. »Für mich?«

Maja lächelte ein bisschen und nickte. Pumpernickte.

# 7. KAPITEL

*Hai du Ei oder Majapapaya,*

*hast du ein Schweigegelübde abgelegt? Bist den einsamen Bluebloomstod gestorben (meine Geister waren es nicht, die habe ich gefragt)? Verliebt? Nach der Zeichnung zu schließen (gratuliere zum neuen Style, du weißt aber, dass Graffiti verboten ist? – blöde Frage, das ist ja das Geile daran), hast du ein neues Hobby? Aber wenn dich das derart auffrisst, dass du nicht mehr schreiben kannst, solltest du es infrage stellen (Burnoutgefahr, mein Vater auch, zumindest sieht man ihn gar nicht mehr). Nee, jetzt mal echt, geht's dir gut? Muss sich die alte Drieke Sorgen machen (und was zum Teufel soll »fuck the navy« bedeuten? Beschäftigen wir uns mit der amerikanischen Schifffahrt?)*
*Hier ist alles in Ordnung (Vater arbeitet, Mutter lernt segeln, Kind sitzt vor dem Briefkasten und wartet) …*

Drieke hatte ja recht, Maja war wirklich total versunken. Eilig holte sie die Blueblooms aus dem Rucksack, in dem sie schon beinahe von selbst vertrocknet waren, und legte einen Stapel Bücher darauf. Eine davon klebte sie auf ein Blatt Papier und schrieb: *Sorry, später mehr,* im Graffitistyle darunter. Herz. Dreidimensional. Mit Lichtfenster.

Auf dem Weg zum Park warf sie den Brief in den Kasten, legte ihm noch kurz die Hand auf, damit warme Gefühle drin waren, und lief zur Bank, auf der Jessie schon lümmelte und rauchte.

»Hey, zu spät kommen ist Tobis Spezialität, das kannst du nicht nehmen.«

»Tobi?«

»Einer aus der Crew.«

Jessies Hände waren farbverschmiert, die Augen auf Halbmast schauten Maja erwartungsvoll an.

»Ihr wart unterwegs?« Mit ernstem Gesicht überreichte Maja ihr zwei Pumpernickel.

Das war der Preis dafür, dass Jessie auf ihre Skizzen schaute, ihr Tipps gab, ihr half, diese Art zu zeichnen zu lernen. Ein stillschweigender Preis, sie hatten nie darüber gesprochen.

»Zeig dein Book!«, sagte sie mit vollem Mund, und wie immer war Maja total aufgeregt. Was, wenn Jessie es schlecht fand? Was, wenn sie kein Talent für Graffiti hatte?

»Ich hab nicht viel drin, erst mach ich das lieber auf Papier, das kann man wegschmeißen und noch mal neu anfangen, im Book muss es dann ja schon sitzen. Also schau, hier, so hab ich die erste Seite gemacht.« Sie hatte es selbst nicht gewusst, aber wenn sie nervös war, konnte sie auf einmal unglaublich viel reden.

Jessie schaute sich kauend alles genau an, holte dann einen Stift aus ihrer Jackentasche, besserte hier ein bisschen aus oder hielt dort den Finger drauf, und Maja saugte das auf wie ein Schwamm, der jahrelang in einer unbenutzten Spüle vor sich hin gedümpelt hatte. Ja, ja, ja, so ist es besser, stimmt, genau.

»Also okay, du bist ja noch ein Toy, da ist bisschen biten nicht verboten, aber gewöhn es dir lieber nicht an.« Maja schaute sie nachdenklich an. In diesem Buiz musste man anscheinend nicht nur das Handwerk lernen, sondern auch die Sprache. »Ich meine, du bist voll der Checker, hast echt Talent, aber das Wichtigste ist, dass du deinen eigenen Style findest, sonst bleibst du immer ein Toy, und keine Crew nimmt dich mit.«

»D-d-das will ich auch gar nicht. Ich mach das so für mich.«

Jessie grinste und winkte ab, während sie beinahe zärtlich das zweite Pumpernickel auspackte. »Sagen sie alle. Irgendwann juckt's dich in den Fingern, da ist das dann stärker als die Angst, was Verbotenes zu machen oder erwischt zu werden. Und wenn du einmal da draußen warst, wenn du einmal 'ne Kiste gekickt hast und die dann an dir vorbeirattern siehst, eine U-Bahn mit deiner Kunst drauf, dann hörst du nicht mehr auf damit. Kennst du Fly?«

Maja schüttelte den Kopf.

»Voll arrogantes Arschloch, redet mit keinem, tut so, als wäre er der King. Und soll ich dir was sagen? Er ist es auch. Seine Pieces und Tags erkennst du sofort, er gewinnt jedes Battle, ganz ohne Crew. Fly ist mein Ziel, so gut wie der will ich werden und ihm dann ordentlich die überhebliche Fresse polieren.«

Maja kritzelte an ihrem Piece herum, verstärkte die Ränder, die Schatten. Sie war ein Schisser, das wussten alle. Sie würde nicht nachts irgendwelche »Kisten« ansprühen.

Jessie tippte mit ihrem Butterfinger auf die Zeichnung. »So ist's perfekt ... oh, sorry.« Sie versuchte den Fettfleck wegzureiben, machte es aber nur schlimmer. Maja grinste und malte eine Bubble drum herum.

»So ist's perfekt!«

Jessie wischte sich die Hände an ihrer zerlöcherten Jeans ab und musterte Maja dabei von oben bis unten. »Freitag ist unser Referat. Da müssen wir dir aber mal was Ordentliches zum Anziehen besorgen.« Maja schaute an sich runter. Über so etwas hatte sie sich nie Gedanken gemacht. Wenn man unsichtbar ist, braucht man auch keine besonderen Klamotten. Aber vielleicht war sie das nicht mehr so. Immerhin ging sie wieder nach draußen und im Schulhof hing sie mit Jessie ab. Sie war nicht mehr allein, sondern mit dem begehrtesten Mädchen der Oberstufe befreundet. Aber waren sie das?

Jessie wedelte mit der Hand vor ihrem Gesicht herum. »Maja? Hörst du mich?«

»Sind wir befreundet?«

Jessie blieb ernst, legte den Kopf schief und tat so, als müsste sie sehr stark nachdenken. Was, wenn sie jetzt Nein sagte? Maja bereute es, die Frage gestellt zu haben. Wenn man sie nicht stellte, bekam man auch keine Antwort und konnte sich weiter alles Mögliche einbilden. Es war nicht immer unbedingt das Beste, die Dinge laut zu sagen. Jessie grinste, beugte sich vor und verpasste Maja einen dicken Schmatzer mitten auf den Mund. »Was denn sonst, du Honk?«

Später am Abend saßen Majas Eltern auf der Terrasse und verkosteten Wein. Sie schaute ihnen durch die Scheibe zu, wie sie Schluck um Schluck im Mund rollten, schnupperten, schmatzten und Flaschen sortierten. Die Guten und die Schlechten. Sie waren ganz bei sich und deswegen jetzt der eindeutig richtige Zeitpunkt.

»Ich brauche neue Klamotten!«

»Huch, Maja!« Ihre Mutter fasste sich ans Herz, als hätte sie den Schreck ihres Lebens bekommen. »Setz dich doch.«

Maja blieb stehen. Sie wollte nur diese Sache klären, sonst nichts.

»Ich muss ein Referat halten.« Schule immer ein gutes Argument.

»Seit wann braucht man für ein Referat neue Klamotten?« Der Vater runzelte die Stirn.

»Ich brauch eh welche.«

»Das sehe ich allerdings genauso.« Die Mutter zwinkerte ihr verschwörerisch zu und schenkte Wein aus einer neuen Flasche nach. »Und vielleicht ist ja das Referat auch ein Vorwand ...?«

Der Vater musterte Maja. »Du könntest im Hotel jobben, wir suchen händeringend Leute für die Zimmer.« Er schwenkte sein Glas, damit der Wein atmen konnte.

»Das Referat ist am Freitag.«

»Aber das weißt du ja bestimmt schon länger.«

»Ist mir aber jetzt erst eingefallen mit den Klamotten.« Maja merkte, wie die Wut in ihr hochstieg. Nie konnte er einfach Ja sagen, immer musste man alles stundenlang diskutieren, immer hatte er eine bessere Idee. »Komm schon, Papa, ich kauf mir doch sonst nie was.«

Die Mutter nahm einen Schluck und zeigte mit dem Glas in der Hand auf den Vater. »Da hat sie recht, oh, der ist ja ... hm, ich kann es gar nicht richtig beschreiben, probier' mal.«

Während der Vater seine Nase tief in das Weinglas steckte, fummelte die Mutter ihren Gucci-Geldbeutel aus der Louis-Vuitton-Tasche, zog einen Hunderter raus, dachte kurz nach, dann noch einen, und streckte Maja das Geld hin. »Kauf dir was Schönes. Höchste Zeit, dass du mal ein bisschen auf dein Äußeres achtest.« Dann kippte sie den Rest des Weines über die Terrasse und widmete sich der nächsten Flasche.

Shoppen war so ungefähr das Schlimmste, was Maja sich vorstellen konnte. Viel zu viele Menschen auf engem Raum, winzige Umkleidekabinen mit riesigen Spiegeln, die Unsichtbarkeit naturgemäß unmöglich machten, dazu fröhliche Greifzumusik aus der Retorte, von der man schon Kopfschmerzen bekam, wenn man sie sich nur vorstellte und, das Schwierigste, irgendwelche Klamotten finden, von denen man dachte, dass sie gut an einem aussehen könnten. Shoppen war ein Grauen, allerdings nicht mit Jessie. Sie war wild entschlossen, Maja ein ganz neues Outfit zu verpassen und sehr beeindruckt über die Menge der zur Verfügung stehenden Kohle.

»Voll großzügig, deine Mom!«, plapperte sie und zog Maja mit sich in die Fußgängerzone. »Ist sie eigentlich noch krank?«

Maja schüttelte den Kopf. »Im Moment nicht. Sag mal, müssen wir ausgerechnet hier …?«

»Klar, hier gibt's die besten Sachen, die angesagtesten Läden sind nun mal in der Stadt, da kaufen alle.«

»Eben.«

Jessie entdeckte irgendetwas Tolles in einem Schaufenster. »Oh wow, komm, da gehen wir rein.«

Sie merkte schnell, dass Maja versuchte sich zusammenzureißen, wahllos Tops oder Hoodies vorschlug, aber definitiv keine Ahnung hatte. So parkte sie sie in einer Umkleide, »dann müssen wir nicht immer wieder von vorne anstehen«, und ließ sie alles anprobieren, was sie für gut befand. Eine hervorragende Lösung für Maja, da ihr ihre Ahnungslosigkeit nicht peinlich sein musste, und Jessie eh viel besser wusste, was man so trug. Und was sie jetzt auch tragen sollte. Manchmal erhob sie alibimäßig Einspruch, »Ist das nicht ein bisschen kurz?«, oder »Gelb hat mir eigentlich nie gestanden, glaub ich«, aber Jessie ließ sich nicht weiter beeindrucken, bestimmte, sortierte, suchte aus und zwei Stunden und vier Geschäfte später, schlenderten sie mit mehreren Tüten, zwei Bubbleteas und ohne zweihundert Euro durch die Fußgängerzone, Maja mit knallkurzem Top und weiter Hose.

»Jetzt sag doch mal ehrlich, Maja, shoppen ist geil!«

Die blieb stehen und schaute Jessie erschrocken an. »Oh Mann, wir haben gar nichts für dich gekauft. Ich bin sooo bescheuert.«

Jessie schlenderte weiter, kaute auf ihrem Strohhalm und wiegte den Kopf hin und her. »Stimmt, stimmt aber auch nicht.«

»Wie meinst du das?«

»Sag mal ›Hä‹.«

»Wie bitte?«

»Hä!«

»Hä?«

»Klingt schon viel besser, als ›Wie meinst du das‹!«

Maja verdrehte die Augen. »Also: Hä?«

Jessie machte ihre Jacke auf. Darunter kamen übereinander mehrere T-Shirts, eine Strickjacke und zwei Sonnenbrillen, die in der Innentasche klemmten, zum Vorschein. Maja schaute sie mit großen Augen an, und Jessie schaute zurück. In ihrem Blick: »Sprich es nicht aus, ist egal, man muss selber sehen, wo man bleibt.«

Maja steckte die Hände in ihre neuen, großen Hosentaschen und ging nachdenklich weiter.

Jessie sprang im Seitgalopp neben ihr her, verschüttete ihren ganzen Bubbletea und zupfte und zerrte an ihr herum. »Jetzt komm, ist doch geil oder, vor allem das Blaue mit dem Rot an der Seite. Hab ich dir schon erzählt, dass ich blau-rot liebe, als Farbcombi? Nehm ich immer bei meinen Tags oder Comments.«

»Tags?«

»Na ja, was man unten drunter schreibt, die Signatur, oder wie das heißt.«

Maja nickte, ach so. Es ging ihr nicht gut damit, dass Jessie das Zeug geklaut hatte, während Madame mit zweihundert Euro herumhantierte und keine Sekunde an sie gedacht hatte.

»Findest du, ich bin egoistisch?«

Jessie blieb stehen und schaute sie verständnislos an. »Hä?«

In diesem Moment fing es an, wie aus Eimern zu schütten. Aus blauschwarzen Wolken, die wie aus dem Nichts aufgetaucht waren. Zumindest für Maja und Jessie.

Sie drückten sich unter ein Vordach, das allerdings wenig Schutz bot.

»Komm, wir gehen zu dir!«, schlug Jessie vor, und als Maja zögerte: »Deine Mutter ist doch nicht mehr krank.« Nein, soweit Maja es mitbekommen hatte, war sie ziemlich früh am Morgen ins Hotel gefahren. Es konnte also eigentlich nichts passieren. Auch sonst nicht, nur wollte Maja das keinem antun, ihre wimmernde Mutter, die ständig nach ihr rief. Es war ihr peinlich, sie schämte sich fremd und zusätzlich für sich selbst. Immerhin konnte die Mutter ja nichts dafür, dass sie diese Anfälle hatte. Obwohl sie sehr gut zu ihr passten. Maja wollte auf keinen Fall, dass Jessie das mitbekam.

»Und zu dir?«, fragte sie zögernd, wobei ihr auffiel, dass sie überhaupt nichts über Jessies Familie wusste. Nicht mal ungefähr die Richtung, in der sie wohnte.

Jessie winkte ab. »Geht nicht. Das ist ewig weit weg ... und wir renovieren gerade, also mein Vater, baut neue Möbel ein, zum Beispiel eine Küchenbank und … und meine Mutter malt die Wände bunt. Findest du das albern?«

»Was?«

»Wände bunt?«

»Gar nicht. Scheint ein fröhlicher Mensch zu sein, deine Mutter. So wie du.«

Jessie starrte Maja kurz an, dann nickte sie. »Also zu dir?«

Sie rannten los, was nicht nötig gewesen wäre, sie hätten auch rückwärts gehen oder kampfschlendern können, denn als Maja die Haustür aufschloss, waren sie nass bis auf die Haut.

Jessie schüttelte sich im Flur, wie ein Hund. »Wow, das nenn ich mal Regen.«

Maja schlüpfte aus den Schuhen und sah das Leopardencape ihrer Mutter an der Garderobe. Verdammt. Oder hatte sie es nicht mitgenommen?

»Maja?«, klang es zittrig leise leidend von oben.

Jessie zog die Augenbrauen hoch und schaute Maja an.

»Migräne«, erklärte die leise. »Ich zeig dir, wo mein Zimmer ist, und mache ihr schnell einen Tee.«

Das Wasser im Wasserkocher verhielt sich ungefähr so wie die Gefühle in Maja. Es kochte. Musste sie ihr immer alles verderben? Warum saß sie nicht in ihrem Büro im Hotel und telefonierte mit autoritär säuselnder

Stimme mit Besitzern von Zeppelinen oder Weinkeltereien? Warum ausgerechnet heute? Maja wollte nicht, dass Jessie hinter die Fassade schaute. Und sie wollte auch nicht, dass die, die hinter ihr lebten, Jessie kennenlernten. Sie gehörte ihr und einer anderen Art zu leben, niemand durfte mit neugierigen Fingern danach greifen, sie verändern, Fragen stellen.

»Hast du jemanden mitgebracht, Maja?« Niemanden.

»Ruh dich aus, Mama, hier ist dein Tee.«

»Du kannst dir nicht vorstellen, was in meinem Kopf los ist. Willst du dich ein bisschen zu mir setzen? Ach, und schau doch mal, der eine Vorhang ist nicht richtig zu, das macht mich schon die ganze Zeit wahnsinnig.«

Maja zog ihn den einen Millimeter, der fehlte, weiter zu und ging. »Sag Bescheid, wenn du was brauchst.«

Jessie stand unverändert mitten in ihrem Zimmer und schaute sich um. Die Wände waren gepflastert mit Postern von unbekannten Stars, Zeichnungen, und hauptsächlich Graffitiproben.

»Wow, du bist ja noch wahnsinniger, als ich dachte!«

»Es ist besser, wenn ich es direkt sehe. Dann kann ich Fehler erkennen und ändern und so.«

Maja warf Jessie ein Handtuch zu, und die zog sich die sperrigen, nassen Klamotten vom Körper und rubbelte sich die Haare trockener. Stand nackt mitten in Majas Zimmer, als wäre sie zu Hause.

»Ziemlich cool hier.« Dann zeigte sie auf das winzige

Stück Pappe, das zwischen all den Bildern hing und auf dem eine hautfarbene Haarsträhne klebte. »Von deiner großen Liebe?«

Maja grinste. »Wenn du es so nennen willst. Von Drieke. Aber die ist weggezogen. In den Norden. Ihr Vater kennt sich aus mit Schiffen.«

Jessie nickte und schnappte sich ein paar von Majas neuen Klamotten. »Wohnen jetzt da, wo Schiffe sind.«

Maja setzte sich auf den Boden, lehnte sich an die Wand und schaute Jessie beim Anziehen zu.

»Hat deine Mutter das oft?«

Maja zuckte mit den Schultern. Sie wollte nicht darüber reden. Wollte nicht, dass es da ist.

Jessie setzte sich neben sie. »Es ist eben so, wie es ist. Und für deine Mutter doch sehr traurig und schade. Sie verpasst so viel.«

Maja schaute Jessie an. »Zumindest streicht sie keine Wände bunt!«

Jessie schwieg eine Weile. »Na ja, das macht meine ja auch nicht gerade andauernd.«

»Was macht sie denn sonst?«

»Keine Ahnung.«

# 8. KAPITEL

Das Licht der heute besonders rot untergehenden Sonne lag wie ein Samtteppich über der »Schönen Aussicht« und tauchte die allabendliche Versammlung auf der Piazza in ein friedliches Licht. Dabei herrschte alles andere als Frieden. Mechanic-Mike hatte nach tagelangem Planen, wo er graben und was finden könnte, ein Leck, durchgerostet vielleicht die alte Leitung, immer noch keine Entscheidung getroffen, wo er anfangen sollte. Wie er meinte, und wie Jessie es nur von Weitem verstand, vermutete er einen Grundfehler, den schon die Leitungsverleger, Gott hab sie wahrscheinlich selig, gemacht und vertuscht oder gar nicht bemerkt hatten.

»Muss bestimmt alles neu sortiert werden, ganz von vorne muss man da anfangen, ganz am Anfang.«

Das war tragisch, da sich für die Wasserversorgung des halblegalen Dauercampingplatzes niemand zuständig fühlte, und die Bewohner das meistens selbst in die Hand nahmen. Alles andere war für sie sowieso unbezahlbar.

Für Jessie bedeutete es, möglichst bei Maja duschen. Sie hatte den Rucksack fertig gepackt. Genug Cans für zwei, rot und blau natürlich für sie selbst, Maja hatte sich auf keine Farbkombination festlegen wollen. Die war eh aufgeregt genug, als Jessie ihr unterbreitet hatte, dass es jetzt losginge.

»Hä?«

»Heute Abend ist es so weit. Du kommst mit zum Sprayen. Die Crew ist schon sehr gespannt.«

»Heute?«

»Ja. Irgendwann ist immer heute und bei dir ist heute heute.«

»Ist das nicht zu früh?«

Jessie musste grinsen, legte ihr den Arm um und zog sie zu sich ran. »Wart mal ab, das wird dich sehr glücklich machen. Hey, du hast gerade das Referat beim Tauke gemeistert, da wirst du doch ein kleines Piece an die Wand sprühen können.«

Und »gemeistert« war das richtige Wort. Maja hatte sich in die Öffentlichkeit, ins Licht getraut. Stand mit Jessie zusammen in ihren neuen Klamotten, die Haare zurück und geschminkt vor der Klasse und erzählte etwas von bedingten Wahrscheinlichkeiten und wie man sie berechnet. Dass den anderen vor Staunen nicht der Mund offen stand, war sehr verwunderlich. Da war jemand aufgetaucht, der anscheinend die ganze Zeit schon da gewesen, aber nicht gesehen worden war. Und das erste Mal, dass nicht alle Augen auf Jessie ruhten, gespannt lauerten, warteten, wann sie andocken konnten. Jessie war Nebensache und das fühlte sich für sie wirklich ungewohnt an. Selbst Tauke war relativ sprachlos gewesen, als die beiden sich wieder hingesetzt hatten. Nicht, weil sie jetzt nebeneinandersaßen und niemanden um Erlaubnis gefragt hatten, sondern weil sie eben richtig gut gewesen waren, und das traut man so einer Chaosbraut aus der Gesa ja erst mal nicht zu. Jessie jedenfalls hatte 15 Punkte abgeräumt und war höchst zufrieden, und Maja hatte gemerkt, dass es sich manchmal gut anfühlte, gesehen zu werden. Das war also rein selbstbewusstseinstechnisch genau der richtige Zeitpunkt, um sie mitzunehmen, andererseits wäre die Unsichtbarkeit in diesem speziellen Fall auch nicht schlecht gewesen. Ach, man konnte nicht alles haben.

»Ganz schön viele Cans«, kommentierte Becca von ihrer Koje aus, die Cornflakes roh kauend, Milch war aus, und am Tisch konnte man zurzeit auch nicht essen, weil Jo noch nicht dazu gekommen war, die Bank wieder zusammenzunageln. Fühlte sich auch nicht zuständig, er hatte sie ja nicht kaputt gemacht und es ihnen hundert Mal gesagt, dass sie sich da nicht zu zweit draufsetzen sollten.

»Kommt noch jemand mit«, murmelte Jessie und packte Säure und Küchentücher ein.

»Wer denn?«

»Kennst du nicht.«

»Und warum darf ich nicht mit?«

Jessie schnaubte. Diese Diskussion führten sie beinahe jedes Mal, wenn sie losging. Da war nun wirklich alles gesagt.

Becca stand auf und schleuderte die Cornflakespackung in die Spüle. »Hey, ehrlich jetzt.«

»Du bist vierzehn, das ist verboten, ich will nicht die Verantwortung für dich übernehmen oder an irgendwas schuld sein, es reicht schon, dass du dich halbnackt in Klubs und Bars rumtreibst, nein, ich will nicht wissen, was du da alles so machst«, leierte Jessie, schnürte den Rucksack zu und kontrollierte die Seitentaschen ihrer Hose, Messer, Handy, ein paar Münzen.

Becca lehnte mit finsterem Gesicht an der Spüle. »Wen nimmst du mit?«

»Eine Freundin.«

Becca grinste. »Du und eine Freundin.«

»Was soll der Scheiß, Becca, ich hab oft Freundinnen.« Ihre kleine Schwester tat theatralisch so, als würde sie nachdenken, ihr aber zur Hölle niemand einfallen, und Jessie trat ihr gegen's Schienenbein. »Hör auf! Mach deine Hausaufgaben und geh nicht so spät ins Bett! Den nächsten Brief von der Schule unterschreibe ich nicht.«

»Ich hasse dich!«

»Ich dich auch!«

Jessie schulterte den Rucksack und verließ den Wohnwagen, zog den Kopf ein und schaute nicht zur bereits bierseligen Meute um die Feuertonne.

»Jess, Schätzchen!« Tante Sanne hatte sie doch gesehen. Sie stand am Feuer und schwankte hin und her, das Gesicht rot, die Haare strähnig. Mit der Flasche in der Hand zeigte sie auf Mike und Jo, die sich die Arme umgelegt hatten. »Mike und Jo sind jetzt die Wasserwarte. Einstimmig beschlossen von der Piazza-Vollversammlung.«

»Wir reparieren das Scheißteil«, lallte Jo und drehte sich zu ihr um. »Komm her, Jessie, lass feiern!« Er streckte den anderen Arm nach ihr aus und Jessie machte, dass sie davonkam. Das würde wohl auf ein Dauerabo hinauslaufen bei Majas Dusche.

Als sie bei ihr ankam, stand Maja schon vor dem dunklen Haus, die Kapuze des Hoodies tief ins Gesicht gezogen. Ihre Eltern waren wie meistens nicht da. Und nicht betrunken. Maja war deutlich im Lebensumständevorteil.

Jessie schnippte ihr grinsend die Kapuze vom Kopf. »Hey, noch sind wir inkognito und nicht als Sprayer verkleidet.«

Maja grinste schief. »Hi Jessie.«

»Abmarsch?«

Sie machten sich zu Fuß auf den Weg zur Corner, genügend Zeit für Jessie, Maja zu instruieren.

»Also, die Jungs sind voll in Ordnung, aber natürlich zurückhaltend. Normalerweise redet Snup viel und hat immer verrückte Pläne, er ist für die Ideen zuständig, der theoretische Organisator. Häcker Ädäm, genannt Äd, ist Logistiker und findet alles raus im Netz. Wenn der was durchplant, kann eigentlich nichts passieren.«

»Außer neulich.«

»Nee, nee, mit den Bobs musst du immer rechnen, das geht nicht auf Äds Kappe. Die kannst du nicht kontrollieren, weil sie selbst Hirne und Ideen haben. Aber Äd findet die geheimen Wege und so.«

»Und wie heißen die richtig?«

Jessie blieb stehen. »Fuck!«

»Fuck?«

»Wir brauchen einen Namen für dich. Niemand kennt die richtigen, Schutzmaßnahme. Also, sobald wir da sind, bin ich für dich Elektra. Und du ... warte!«

»Jam.« Im Gegensatz zu Jessie hatte Maja schon drüber nachgedacht.

»Jam?«

»Maja rückwärts quasi, und Jam wie Marmelade, die ich nicht leiden kann, und Musik, die ich auch nicht leiden kann.« Maja grinste und Jessie hielt ihr die Hand zum Abklatschen hin.

»Jam! ... Wo war ich stehen geblieben? Ach ja, Tobi fehlt noch.«

»Der heißt mit seinem Fakenamen so wie andere in echt?«

Jessie zuckte mit den Schultern. »Das weiß man nicht, wie gesagt. Er ist bisschen wirr insgesamt und kommt immer zu spät. Aber voll kreativ, echt, der kann zeichnen wie ein Gott. Und wie du.«

»Lass den Quatsch!«

»In der Corner auch ganz normal sein, du bist keine Sprayerin, du bist Maja, die gerne mit der U-Bahn fahren möchte.«

»Machen wir heute schon einen Train?« Majas Stimme klang ein bisschen höher als sonst.

Jessie schüttelte energisch den Kopf. »Nein, das ist deine erste Aktion. Und die Jungs müssen dir auch erst mal vertrauen. Also, die heutige Aufgabe sind eigentlich mehr die Jungs.«

»Na super«, murmelte Maja, »da bin ich richtig gut drin, in Jungs.«

In der Corner war es wesentlich ruhiger. Keine Polizisten in Alarmbereitschaft wie am Ruinentag, kaum Fahrgäste, nur ein paar wenige Sprayer.

»Jam, hi.«

Jessie musste grinsen, weil die Jungs nur die Hand hoben, kaum hochschauten vom Boden, auf dem sie saßen. Sie taten mega cool, dabei waren sie so neugierig, dass selbst Tobi pünktlich erschienen war. Elektra brachte jemanden mit, noch dazu ein Mädchen, die in der Szene eher rar gesät waren, und sie wollte, dass sie sie aufnahmen. In die geschlossene Crew.

»Snup, Ädäm ...« – »Kannst Äd sagen.« – »Tobi.«

Jessie setzte sich dazu und Maja tat es ihr gleich. Sie war unsicher, hielt sich an ihre Freundin, und das war okay. »Und? Was steht an?«

Snup schaute von Jessie zu Maja, dann wieder zu Jessie und beschloss, einen Vertrauensvorschuss zu geben.

»Neuer Bauzaun an der Josephskirche.« Er wandte sich an Maja. »Hast du schon mal ...?«

Sie schüttelte den Kopf und kramte in ihrem Rucksack. »Ich kann dir mein Blackbook zeigen.«

Jessie legte ihre Hand auf Majas und hielt sie davon ab. »Da müssen sich die Jungs erst mal würdig erweisen.« Sie grinste.

Snup zog ungehalten die Augenbrauen zusammen, Tobi schnaubte und Äd zuckte mit den Schultern. Äd eben, der ließ am ehesten etwas zu. »Wie kommen wir hin?«

»Mit dem Taxi«, ätzte Snup.

»Äd wollte erst hier durch die Tunnel, aber wir können genauso gut überirdisch. Da ist ja auch die Kirche.« Tobi grinste. »Überirdisch.«

»Ich kenn die«, warf Maja ein, »da ist meine Freundin immer hin, als sie noch hier gewohnt hat.«

Äd rappelte sich hoch und klopfte sich mit beiden Händen den Hintern ab. »Dann kann doch gar nichts mehr schiefgehen.«

Jessie sprang auf, zog Maja auf die Schuhe und hängte sich bei ihr ein. »Vamos!«

Sie liefen durch die dunkle Stadt mit ihren schweren Stiefeln oder abgerockten Sneakern, Hoodies oder bis oben hin fest verschlossenen Jacken, die Rucksäcke auf Halbmast. Auch ohne Kapuzen auf dem Kopf konnte man sehen, das war eine Gang, die hatten was vor, denen stellen wir uns lieber nicht in den Weg.

Ein, zwei Strahler erleuchteten die gelbe, neobarocke Kirche, die anscheinend neu gestrichen werden sollte. Der Bauzaun verkleidete den unteren Teil eines Gerüsts, das fast bis oben zum Glockenturm reichte.

»Tatata, der jungfräulichste Bauzaun, den die Stadt zu bieten hat«, präsentierte Snup seine Entdeckung, und Jessie wusste, dass Maja, wie sie alle, in Zukunft Gebäude und andere Flächen aller Art nur unter dem Gesichtspunkt betrachten würde, ob sie graffitigeeignet waren, ob sie sie als Erste entdeckt hatte, und wie man wo anfangen und aufhören könnte. Die Jungs zogen ihre Kapuzen hoch, alle schauten sich an, als ob sie sich einschwören mussten auf das anstehende Fußballspiel, Jessie knuffte Maja aufmunternd, gab ihr zwei Cans, und dann musste sie sie sich selbst überlassen. Das hier war ein öffentlicher Platz und ein Gebäude für Gläubige, da war äußerste Konzentration gefragt.

Auf die Kunst und die Gefahr von außen. Von allen Seiten. Jeder musste bei sich bleiben.

Sie verteilten sich am Zaun. Jessie sah aus den Augenwinkeln, dass Maja sich als Letzte in die Reihe stellte, eine Can schüttelte, den grauen, leeren Platz auf dem Zaun musterte und den ersten vorsichtigen Sprühversuch machte, um zu testen, wie intensiv die Farbe war. Noch mal. Dann wandte sich Jessie ihrer eigenen Idee zu, sprühte keine Schrift heute, sondern versuchte sich in einem blauen und einem roten Mädchengesicht, die ineinanderflossen, miteinander verbunden waren. Erst als Äd sie in die Seite stieß, gesprochen wurde nur in äußersten Notfällen, und nach oben zeigte, sah sie Maja, die das Gerüst hinaufgeklettert war und über dem Mosaikfenster der Kirche sprayte. Äd nickte Jessie anerkennend zu, aber die machte sich eher Sorgen. Natürlich hatte Maja das Bedürfnis, sich zu beweisen, und wie man an Äd sehen konnte, klappte das auch ganz hervorragend, aber sie war nicht gesichert, hatte keinen Helm auf und in Sport, soweit Jessie wusste, ihre einzige Vier. Eins war klar: Wenn sie da runterfallen würde, wäre sie tot und Jessie würde sich ihr Leben lang Vorwürfe machen. Sie konnte aber nicht pfeifen oder rufen. Sie konnte winken, aber Maja schaute nicht, war vollkommen vertieft. Was schrieb sie da im Bogen über das Fenster? Jessie schaute sich um, alles war menschenleer, keine Gefahr im Verzug, und trat ein paar Schritte zurück.

ELEKTRISCHE ELEKTRA PLUS, so perfekt, so anders und gekonnt, dass die versammelte Crew aufhörte zu sprayen und nur der Entwicklung oben zusah.

Jessie ließ die Schultern sinken, die sie vor lauter Anspannung hochgezogen hatte, und war sich jetzt endgültig sicher, dass ihre Entscheidung richtig gewesen war. Maja würde eine Bereicherung für die Gruppe sein. Und Fly konnte sich warm anziehen. Zumal Maja vergaß, ihren Jam-Tag unter das Werk zu setzen. Fly kannte nur Elektra. Und die hatte ganz offensichtlich mit dieser Kunst etwas zu tun.

# 9. KAPITEL

*Liebe Drieke,*

*es tut mir leid. Ich hoffe, du hast nicht wochenlang neben dem Briefkasten gesessen, aber so wie ich dich kenne, ist das ja gar nicht möglich. Vielen Dank für deine vielen Briefe, jetzt antworte ich, denn jetzt reicht's wirklich mit dem Schweigen. Es ist auch gar nicht mit Absicht, aber ich weiß nicht warum, auf einmal vergeht die Zeit viel schneller als vorher. Da ist sie eigentlich gar nicht vergangen oder nur so lautlos, dass ich es nicht bemerkt habe. Im Moment bin ich viel nachts unterwegs und zwar draußen. Verweigerung aufgegeben, macht wenig Sinn, Graffitis zu Hause an die Wand zu sprühen, nur wenn man unsichtbar bleiben will, aber das will ich nicht mehr. Ich habe jemanden kennengelernt, und dieser jemand hat mir eine andere, unbekannte Welt geöffnet, in der ich seitdem herumlaufe und mich so gut darin auskenne, als wäre ich schon immer dort gewesen ...*

Maja brachte es nicht fertig, ihrer allerbesten Freundin aus allen Zeiten zu schreiben, dass dieser Jemand Jessie war. Sie hatte das Gefühl, sie geheim halten zu müssen, damit sie niemand antasten oder infrage stellen konnte. Es reichte schon, dass ihre Eltern sie kennengelernt hatten, war aber unvermeidbar gewesen.

Seit Majas erster Graffitinacht war Jessie eigentlich ständig bei ihr. Wie selbstverständlich kuschelte sie sich zu ihr ins Bett, nachdem sie wieder mal die halbe Nacht gezeichnet und entworfen oder die ganze Nacht diese Zeichnungen auf Wänden oder Zäunen verewigt hatten. Morgens duschte sie und zog Majas Klamotten an, die Hausaufgaben erledigten sie nebenbei, auf dem Weg in die Schule oder gar nicht. Nach dieser einen Nacht, in der alles anders wurde und Maja die Heldin der Elektras, weil sie eine der besseren Ideen gehabt hatte, war nur noch Sprayen in ihrem Kopf.

Nach dieser Aktion hatte sie mit roten Wangen mit Jessie in ihrem Zimmer gesessen, und nicht mehr aufgehört zu reden, zu planen und alles zu wollen. Jessie hatte ihr grinsend zugehört und wissend genickt. Ja, ja, das kannte sie zu gut, der volle Flash nach gelungener Aktion, der helle Wahnsinn in Körper und Geist. Und der Wunsch nach mehr. Wie eine Droge.

*... es gefällt mir, Drieke, es wäre schön, wenn du da wärst und mitmachen könntest. Du wärst die Erfinderin des Farbflächengraffitis (keine schlechte Idee, werde ich gleich mal ausprobieren, halt, nein, erst schreibe ich dir fertig). Ich lege dir ein Foto von meinem ersten Piece bei. Schau es dir genau an und rate, wo es ist. Du kennst den Ort, das ist sicher ...*

Maja hörte, wie Jessie nebenan im Bad die Dusche ausstellte.

*... wie geht es dir denn so? Was macht der Sommersprossenjunge? Du hast ihn lange nicht mehr erwähnt, sicher weil ich dich gewarnt habe und du immer auf mich hörst (not) ...*

Vielleicht sollten wir doch mal telefonieren, wollte Maja eigentlich schreiben, sie stellte es sich auf einmal leichter vor, als immer diese ellenlangen Briefe, aber dann doch wieder nicht, denn beim Telefonieren konnte man Fragen nicht so elegant umschiffen, da musste man Antworten geben, und Drieke hätte mit Sicherheit alles über Jessie wissen wollen, angefangen mit Geschlecht und Namen. Also schrieb sie es nicht hin.

Jessie kam in eins der flauschigen Handtücher von Majas Mutter gewickelt ins Zimmer und wühlte im Schrank, in der Hoffnung, irgendetwas halbwegs Brauchbares darin zu finden.

»Also, ich weiß gar nicht, wie du so ein Zeug anziehen konntest, schau dir das mal an, das ist doch eher ein Zelt als sonst was.«

*... schreib bald wieder, und ich werde mich bessern, versprochen. Schnussenkuss, Maja*

Sie legte den Brief und das Foto von dem Piece auf Driekes Kirche in den Karton zu den zu Tee vertrockneten Bluebloom, dann fiel ihr noch was ein.

*... ich denke, der Tee kommt zu spät, und du bist auch so wieder gesund geworden. Ich hoffe es, sonst muss ich für immer ein schlechtes Gewissen haben und in der Hölle braten (außer du würdest für mich beten, aber das geht ja vielleicht schlecht mit so einem Husten) ... hier ist er jedenfalls ... und noch ein Schnussenkuss.*

Der war eine Erfindung von Drieke. Lippen optimal nach außen stülpen, Duckface nichts dagegen, und dann aufeinanderdrücken.

»Sag mal, was machst du denn für ein Gesicht?« Jessie hatte sich das Zelt angezogen, stand breitbeinig in Machohaltung im Zimmer und äffte Majas Lippen nach, die sie, ohne es zu merken, nach außen gestülpt hatte. Wegen Schnussenkuss eben und Gedanken an Drieke.

»Schnussenkuss«, murmelte Maja durch ihren aufgestülpten Mund und hielt ihn Jessie hin. Sie hätte wissen können, dass die nicht lange fackelte, auf ihren Schoß sprang, ihren Stülpmund auf Majas presste und den Kopf hin und her drehte. Maja musste prusten, »sehr romantisch« und Jessie grinste sie an.

»Was hältst du von einem Train?«

Maja riss die Augen auf. »Dein Ernst?«

»Ich denke, du bist so weit. Und die anderen denken das auch.« Da gab es noch einen Schnussenkuss vor lauter Begeisterung und genau in dem Moment ging die Tür ohne Klopfen auf und Majas Vater stand in ihrem Zimmer, räusperte sich.

»Entschuldigung, aber ...«

»Aber was?«, schimpfte Maja. »Warum klopfst du nicht an? Ich platze doch auch nicht so einfach bei euch rein.«

Ihr Vater blieb stehen, schaute sich im Zimmer um, in dem er seit ewigen Zeiten nicht mehr gewesen war, und sagte nichts.

»Was ist?« Maja wollte nicht, dass er da war, er gehörte nicht in diesen Raum, nicht zu dieser Welt.

»Ich muss mit dir reden.«

Maja drehte sich auf ihrem Schreibtischstuhl zu ihm und schaute ihn erwartungsvoll an. Seine Augen wanderten kurz zu Jessie, die es sich im Schneidersitz und ganz und gar in ihrem Zelt verborgen auf dem Bett gemütlich machte. Klar, er wollte Maja allein sprechen, Jessie aber nicht beleidigen, »brüskieren«, hätte er wahrscheinlich gesagt, und die Mädchen dachten nicht daran, ihn von selbst zu verstehen. Jessie war ihm ein Dorn im Auge, schon seit sie das erste Mal mit ihnen zu Abend gegessen hatte. Denn Jessie verstellte sich nicht. Sie war immer sie, offen, laut, geradeheraus. Und es war den Eltern nicht entgangen, dass Maja sich verändert hatte. Die entsetzten Augen ihrer Mutter, als sie sah, was die Tochter aus den 200 Euro gemacht hatte, würde sie nicht so schnell vergessen. Das hatte sie sich wohl deutlich anders vorgestellt. Und dann Jessie, die fröhlich aus der Schule erzählte, die Gabel rechts hielt und das Messer links, was sie lautstark erklärte, sie war der Ansicht, dass das viel praktischer war, vielleicht sollten es alle mal ausprobieren, na los, die nach dem Essen erst mal raus eine rauchen ging und während des Essens keine einzige Frage zu ihrer Herkunft oder Familie beantwortete. Einfach anderes Thema. »Haben Sie auch mal geraucht, Herr Tanner?«

Jetzt stand er in einem Zimmer, das er nicht wiedererkannte, irgendwie hatte er noch Bücher und gepresste Pflanzen im Kopf, und sah sich einer vereinten Front gegenüber. Maja kannte ihn, sah, wie es in ihm arbeitete und er sich schließlich wehrhaft entschied, sich von zwei so pubertierenden Rotzgören nicht in die Enge treiben zu lassen. Er verschränkte die Arme vor der Brust.

»Die Schule hat angerufen. Man kenne das ja, diese pubertären Einbrüche, aber bei dir wäre es recht unerwartet gekommen und sehr, na, sagen wir mal absolut. Der Abrutsch.«

Maja nickte.

»Es käme häufiger vor, dass du im Unterricht einschläfst, und man wolle nur behilflich sein und aufmerksam machen.«

»Einmal. Einmal bin ich eingeschlafen.«

Jessie rührte sich nicht, mischte sich ganz gegen ihre Gewohnheit nicht ein und ließ Maja machen. Im Prinzip war klar, worauf die Sache hinauslief.

»Unerheblich.« Der Vater winkte ab. »Mir reicht die Info, dass da ein deutlicher Absturz sichtbar geworden ist, um jetzt, und das scheint mir gerade der rechte Augenblick, eine Zäsur zu setzen. Ich möchte, dass du dich wieder mehr anstrengst und deine Abende und Nächte, zumindest unter der Woche, hier zu Hause und alleine verbringst.«

»Auf keinen Fall, ich bin alt genug, du kannst mir

nicht verbieten, meine Freundin zu treffen.« Maja schaute Hilfe suchend zu Jessie, aber deren Handy summte gerade, und die Nachricht versetzte sie in Aufruhr, lenkte sie auf ein anderes, wahrscheinlich nicht gerade erfreulicheres Thema. Sie stand eilig auf, suchte ihre Hose und zog sie unter dem Zelt an.

»Ich muss los.«

Maja stand ebenfalls auf und schnappte sich eine Jacke. »Ich komme mit.« Sie warf ihrem Vater einen wütenden Blick zu. »Hier bleibe ich nicht. Treffen wir uns eben bei dir.«

Der Vater schnaubte. »Maja, das ist doch kindisch. Die Sache muss wieder in die Reihe kommen. Denk doch auch mal an deine Mutter, die liegt seit Tagen mit Schmerzen im Bett.«

»Sicher nicht wegen mir«, schnaubte Maja, stiefelte hinter Jessie her, aber die drehte sich in der Zimmertür zu ihr um. »Du kannst nicht mit, ich muss nach Hause, ein Notfall, ich ... ich kann dich da jetzt nicht gebrauchen.«

Maja packte Jessie an der Schulter und hielt sie fest. »Was ist passiert, ich helfe dir, was ist?«

Aber Jessie machte sich los und schob Maja zurück. »Bitte, wir reden morgen drüber.«

Sie ging und in Maja brauste ein Sturm los, wie aus dem Nichts, trug Wut vor sich her, Angst und Traurigkeit, in einem mächtigen Wirbel. Seit Wochen verbrachten sie ihre Zeit miteinander. Maja hatte alle Türen aufgemacht, es sogar zugelassen, dass Jessie einmal zu ihrer Mutter ins verdunkelte Schlafzimmer spazierte, um ihr eine gute Besserung zu wünschen. Sie hatte alles erzählt und alles gezeigt, doch von Jessie wusste sie so gut wie nichts. Nur das, was sie im Moment war und zeigte. Und dann nahm sie sie nicht mal mit, jetzt, da ihr Vater im Zimmer und im Begriff stand, ihr das zu verbieten, was ihr so viel bedeutete, so unendlich viel. Ließ sie einfach so stehen.

»Maja, lass uns in Ruhe reden! Das passt mir ehrlich gesagt ganz gut, dass Jessica gegangen ist, dann ...«

»Mir aber nicht«, brüllte Maja und rannte raus. »Jessie!«

Sie war schon zu weit die Straße runter, ging mit großen, energischen Schritten, die Hände tief in den Taschen des Hoodies, Kapuze auf dem Kopf, Kopf gesenkt, nicht gesehen werden, niemanden sehen. Maja schaute ihr nach und merkte, wie sich der Sturm in ihr zu einem dicken Kloß im Hals verdichtete. Wenn sie jetzt nichts unternehmen würde, sondern sich einfach verkriechen, wie es sonst ihr Rezept gewesen war, dann wäre alles wieder so wie früher. Keine ihrer Errungenschaften wollte sie je wieder missen, am wenigsten Jessie, aber wie sollte sie mit dieser plötzlichen Kälte umgehen, wie weiter mit ihr abhängen, wenn es da offensichtlich ein Geheimnis gab? Maja begriff, dass in diesem Moment schon alles anders geworden war, dass sie eben nur diese eine, kleine Zeitspanne gehabt hatten, in der alles perfekt schien. Das Außen mischte sich ein, und machte wie immer alles kleiner. Kaputt.

»Very knapp, Darling, da wärest du almost in die Scheiße rein.« Die kleine, alte Frau Schuy stand neben ihr und zeigte mit ihrer Heckenschere auf einen Hundehaufen neben Majas Fuß. »You always have to guck genau!« Maja schnaubte nur, ließ die Schuy stehen und lief Jessie hinterher.

Sie hielt Abstand, drückte sich in Hauseingänge und Nischen oder wechselte die Straßenseite wie diese abgehalfterten Detektive in Filmen, die wie sie versuchten, ihr Leben am Laufen zu halten. Sie würde Jessies Geheimnis herausfinden und dann sehen, was damit anzufangen war.

Der Weg war weit und ging quer durch die ganze Stadt. Jessie behielt ihr Tempo bei, versuchte einmal zu telefonieren, ohne Erfolg, und legte danach noch einen Zahn zu. Aber Maja blieb dran und folgte ihrer Freundin schließlich auf einen abgerockten Campingplatz am Stadtrand. Über dem Eingang hing ein eingerissenes und vom Regen verwaschenes Transparent, auf dem selbst gepinselt und schief »Schöne Aussicht« stand. Was für ein Hohn! Jessie lief schnurstracks durch kreuz und quer aufgestellte Wohnwagen und Busse ohne Reifen, mit zugeklebten Fenstern, weil Scheiben fehlten, und Türen, die nur halb in den Angeln hingen oder ganz abhandengekommen waren. Einige hatten sich an der Anlage kleiner Vorgärten versucht, die meisten Pflanzen mickerten trocken vor sich hin, überall lagen Plastiksäcke voll Müll oder leere Flaschen.

Jessie überquerte eine Art Versammlungsplatz, da kam ihr eine ältere Frau entgegengelaufen. Maja drückte sich hinter eine Tonne.

»Jess, das geht schon seit Tagen so, ich wusste nicht mehr, was ich machen sollte. Sogar Mike hat versucht mit ihm zu reden, aber kennst ja Jo, der lässt sich nichts sagen.«

Jessie klopfte der Frau auf ihre knochige, sonnengegerbte Schulter, sie trug nur ein Top, das musste doch kalt sein. »Danke, Tante Sanne, ich kümmere mich drum.« Sie steuerte auf einen der Wohnwagen zu, wandte sich noch einmal um. »Und er lässt sie nicht raus? Auch nicht zur Schule?«

Tante Sanne schüttelte den Kopf und zog die Luft durch ihre Zahnlücke.

Maja konnte sich das alles nicht erklären. Anscheinend kannte Jessie diese Frau, in echt ihre Tante vielleicht, und auch diesen Ort.

Aber was hatte sie damit zu tun? Was hatte sie hier verloren?

Jessie bollerte an die Tür des Wohnwagens.

»Becca, hey, Becca?« Sie lauschte, bekam anscheinend

keine Antwort, und schaute Tante Sanne an. »Ich trete die Tür ein.«

Die zuckte mit den Schultern. »Ist dein Zuhause. Kannste machen.«

Jessies Zuhause? Hier wohnte sie? Maja konnte es gar nicht glauben und bereute es ein bisschen, hier zu sein. Jessie schämte sich, obwohl sie das natürlich nicht müsste, und Maja nie gedacht hätte, dass die sich überhaupt wegen oder für etwas schämte. Sie hätte sich gerne zurückgezogen, aber da stand diese Tante und ein spindeldürrer Typ in Boxershorts und Gummistiefeln kam aus einer anderen Richtung dazu.

»Brauchste Hilfe, Mädchen?«

»Geht schon, danke, Mike«, antwortete Jessie, warf sich gegen die Tür und fiel mit ihr in den Wohnwagen. »Becca? Becca, alles gut?« Die zwei Zaungäste reckten die Hälse, und Maja hätte sich am liebsten in Luft aufgelöst, da torkelte Jessie mit einem halb bewusstlosen, jüngeren Mädchen heraus.

»Okay, das muss jetzt erst mal alles raus, wie viel Bier hast du getrunken, bist du eigentlich bescheuert?«

»Jo hat nix anderes dagelassen«, lallte Becca. »Und du warst nicht da. Wo warst du, Jess?«

»Komm, hier hinter die Bäume, los, Finger in den Hals, das Zeug muss raus.«

Als Becca nicht tat, was Jessie sagte, half die kurzerhand selbst nach, Becca übergab sich und Maja ließ sich an der Tonne runter auf den Boden, vergrub das Gesicht in den Händen und wünschte sich nichts mehr, als dass alle in ihre Wohnwägen verschwänden und sie abhauen konnte.

»Wo ist Jo?«, röchelte Becca.

»Auf Arbeit«, antwortete dieser Mike geschäftig, »aber bald kommt er. Wir machen mit dem Wasser weiter. Lauter neue Leitungen, alles blitzefitz.«

»Ich bring ihn um!«

»Becca, halt, bleib stehen, nicht!«

Maja nahm die Hände vom Gesicht, da tauchte Becca bei ihr auf, rannte vorbei, Jessie schrie im Hintergrund, und es war wie ein Reflex, dass Maja den Fuß ausstreckte und Becca stoppte. Sie fiel hin, drehte sich um und schaute sie knallrot im Gesicht an. »Hast du sie noch alle?«

Jessie kam dazu, bremste ab und starrte Maja an. Sagte kein Wort, während Becca sich jammernd das aufgeschlagene Knie hielt. »Verdammt, kennst du die, die spinnt wohl, jetzt kann ich wochenlang keinen kurzen Rock anziehen.«

»Geh in den Wagen!«

»Jess, ich geh da nicht mehr ...!«

»Doch, das tust du.«

Jessies Stimme klang so bedrohlich, dass Becca keine weiteren Widerworte mehr wagte und zum Wohnwagen zurückhumpelte. Tante Sanne umgurrte sie und Mike schlurfte in seinen Gummistiefeln des Weges.

Langsam stand Maja auf. »Hey, ich wollte das nicht.«

Jessie lachte kurz. »Nee, aber deine Füße sind wie von selbst hinter mir her hierhergelaufen. Du stalkst mich also?«

»Nein, Blödsinn!« Maja wollte sie an den Arm fassen, sie irgendwie berühren, beruhigen, aber Jessie wich zurück.

»Doch, so nennt man das. Es ist nämlich so, dass ich entscheide, wer die Scheiße hier wissen darf und wer nicht.«

Maja wusste, dass sie recht hatte. »Es tut mir leid, ich war so ... so ... ich hatte so Angst. Du hättest mir das doch sagen können. Das ist doch nicht so ...« Doch, es war schlimm.

Jessie spuckte auf den Boden. »Und ich entscheide auch, wann ich es sage, wenn ich es sage. Und jetzt hau ab!«

»Jessie, ich ...!«

»Hau ab!«

»Im Fall der zu Tode gekommenen Jugendlichen in der Nähe des U-Bahndepots U17/18 ist die Polizei laut Hauptkommissar Breitsameder nach ausführlichen Befragungen im familiären Umfeld und Freundeskreis entschlossen, die Sache nicht auf sich beruhen zu lassen. ›Noch können und dürfen wir nichts Genaueres sagen, aber mit Fremdeinwirkung kann nach derzeitigem Kenntnisstand zumindest gerechnet werden.‹«

# 10. KAPITEL

Maja konnte nicht schlafen. Keine Nacht seitdem. Jessie redete nicht mehr mit ihr, behandelte sie wie Luft, als wären sie nie Freundinnen, Sprayerinnen, Schnussenküsserinnen gewesen.

Maja blieb wieder zu Hause. Sie hatte alles versucht. Sich entschuldigt, tausend Mal, nach Becca gefragt und was eigentlich passiert war.

»Das geht dich nichts an, verdammt!«

Pumpernickel rübergeschoben. Jessie hatte sie einfach liegen gelassen. Jetzt, da Maja wusste, wie sie lebte, konnte sie sich vorstellen, was das für eine Überwindung kostete, wie stolz Jessie war und wie verletzt.

In der Pause saß sie wieder allein auf ihrer Majabank, aß die Brote auch nicht und malte mit den Füßen Striche in den Staub, erst Striche, dann Rillen, dann Gräben. Jessie hing mit den Jungs auf der Aschenbahn herum, rauchte und schaute nicht zu ihr. Nie. Sie wiederholte auch nicht, was Maja ihr einsagte, als sie keine Antwort für Herrn Tauke hatte, fing sich lieber einen Anschiss, eine schlechte Note ein.

Maja konnte nicht schlafen. Ihre Gedanken verschwammen, die Konzentration schwand und sie zeichnete keinen einzigen Strich. Starrte nur immer auf das Paket für Drieke, in dem dieser Brief lag, der voll war mit Sachen, die ganz plötzlich nicht mehr stimmten. Bämm. Von einer Sekunde auf die andere. Sollte sie ihn rausnehmen und einen neuen schreiben? Sollte sie Drieke ihr Leid klagen? Aber die wusste ja gar nicht, dass es vorher anders gewesen war und wie genau, sie kannte Jessie nicht, hatte keine Ahnung. Nachdem sie es vier Nächte angestarrt hatte und zu keinem Entschluss kommen konnte, weil ihre Gedanken sich verknoteten, gegenseitig auffraßen oder neue Gedanken zeugten, die einen eigenen Weg durch ihren Kopf liefen, von den anderen ablenkten, versuchte sie zu beschließen, der Sache nicht weiter nachzugehen und das Päckchen erst mal eine Weile sich selbst zu überlassen.

Maja wollte Jessie und die schöne Zeit mit ihr zurück. Natürlich hätte sie ihr nicht nachspionieren dürfen, das macht man nun mal nicht, und auch wenn man selbst jemandem total vertraut, durfte man nicht selbstverständlich davon ausgehen, dass der andere es auch tun müsste. Hundertmal versuchte sie sich zusammenzureimen, was da eigentlich bei Jessie passiert war.

Ihr Vater hieß Jo und hatte das andere Mädchen, Becca, tagelang nur mit Bier im Wohnwagen eingeschlossen. Becca könnte Jessies Schwester sein, die gleichen grünen Augen, aus denen sie sie wütend angeblitzt hatte. Warum war sie vom Vater eingesperrt worden?

Wer macht denn so was? Ihrer zumindest nicht. Der konnte zufrieden sein. Maja saß wieder zu Hause und diese ungezogene Jessica war weg. Das reichte ihm, um beruhigt in sein Hotel zu verschwinden.

»Ist Jessica weg?«

»Ja.«

»Geht es dir gut?«

»Nein.«

»Wird schon wieder.« Mama schien auch gesund geworden zu sein.

Sicher war Jessie an dem Abend zu Becca in den Wagen gegangen, um nach ihr zu sehen. Wie konnte man überhaupt in so einem kleinen Wohnwagen leben? Zu viert! Oder es gab noch mehr Geschwister, das wusste Maja ja nicht, durfte sie nicht wissen. Geheimnisvolle Jessie. Das machte sie plötzlich wütend. Wenn jemand immer bemerkt werden will und zwar ganz unbedingt, dann ließ er so viel wie möglich im Geheimen, sich selbst zu vorderst, und behielt so das Heft in der Hand. Maja musste sehr viel lernen, wenn sie es mit den Menschen zu tun bekommen wollte. Aber wollte sie das? Jessie zurück, das ja.

Die beiden Schwestern hatten dann vielleicht auf den Vater gewartet, den Jo, und Jessie hatte sich für die kleine Becca eingesetzt, für sie gekämpft, so wie damals vor hundert oder tausend Jahren in der Schule für Maja.

Becca hatte Besserung gelobt, was auch immer sie

falsch gemacht hatte. War sie schlecht in der Schule? Wohl kaum, wenn der Vater sie nicht mehr hingehen ließ. Maja konnte sich gar nichts anders vorstellen, wegen was man sauer sein könnte, bei ihr ging es ausschließlich um die Schule. Und wo war die Mutter gewesen? Die, die angeblich die Wände bunt anmalte, was in diesem winzigen Wohnwagen jetzt nicht wirklich so viel Arbeit war. Die hätte Becca doch rauslassen oder zumindest beschützen können.

Aber beschützte ihre Mutter sie? Eigentlich war sie eine geschlossene Einheit mit dem Vater und Maja irgendwie ein Nebenprodukt, das man nicht gießen musste, damit es gedieh, das allein und wie von selbst vor sich hin lebte und groß wurde. Möglich, dass Jessies Mutter gerade auf Reisen war. Beruflich unterwegs, vielleicht Künstlerin, weswegen sie auch nicht so viel Geld hatten. Oder sie lebten einfach aus stylishen Gründen in dem Ding. Damit es später in der Biografie der Mutter stehen könnte. Macht sich doch gut. Daher hatte Jessie auch das Talent, ja, so könnte es sein.

Ob sie den Train schon gemacht hatten? Ohne Maja?

»Jam war ein Irrtum«, hatte Jessie wahrscheinlich nur erklärt, und das reichte, dass die für immer aus den Gedanken der Crew verschwand. Schaffte eben nicht jeder. Maja hatte keine Lust, allein sprayen zu gehen, so wie dieser Fly, den Jessie so verehrte, dass es Maja einen Stich versetzte, wenn sie über ihn redete. Das Sprayen war ganz eng mit Jessie verknüpft, ohne sie fühlte sich allein die Vorstellung schal und farblos an.

Hier saß sie also wieder, Maja, die Unsichtbare. Allein, unbemerkt, selbst schuld.

»Maja!«, flüsterte es von irgendwoher. »Maja!«

Sie hob den Kopf, lauschte. Hatten Driekes Geister sie entdeckt? Und wenn schon.

»Fuck the navy, Maja, lass mich rein!« Noch nie war jemand so schnell von null auf hundert. Sie stürzte zum Fenster und sah unten Jessie stehen, kaum zu erkennen, nur eine Silhouette, aber deutlich sie und deutlich, dass etwas nicht in Ordnung war.

Die Haltung gekrümmt und sie hielt ihren Kopf fest, als würde er sonst wegfliegen. Maja raste die Treppe runter zur Haustür und öffnete. Jessie huschte an ihr vorbei ins Haus. Erst in ihrem Zimmer konnte Maja erkennen, dass sie verletzt war. Eine Schramme oder Platzwunde am Kopf, zumindest blutete es und Jessie drückte ein Küchenhandtuch dagegen. Außerdem war irgendwas mit der Seite, die hielt sie sich mit der anderen Hand und ließ sich stöhnend auf Majas Bett sinken.

»Was ist passiert?«

»Mach die Tür zu! Dein Vater soll nicht wissen, dass ich hier bin.«

Maja verschloss die Tür und hätte dazu viel sagen können. Dass es egal war, zum Beispiel. »Was ist passiert?«

»Jo ist ausgerastet.«

»Er hat dich geschlagen?« Maja nahm Jessie vorsichtig das blutdurchtränkte Handtuch ab. Die Wunde musste gereinigt und desinfiziert werden. Maja kannte sich zufällig damit aus, weil Drieke dauernd etwas in der Art gehabt hatte. Wegen der Ameisen, der ständigen Zappelei. »Warte einen Moment.«

Sie kletterte auf ihren Stuhl und holte den Verbandskoffer ganz oben aus ihrem Kleiderschrank.

Jessie stöhnte. »Nicht direkt geschlagen. Aber mit Sachen nach mir geworfen, auf jeden Fall dabei waren der Brotkasten, ein Messer und das Riesenglas mit seiner Kronkorkensammlung.«

»Du meine Güte.«

Jessie schaute sie vorwurfsvoll an. »Scheiße, es heißt ›Scheiße‹, nicht ›du meine Güte‹!«

Maja nickte. »Ja. Scheiße. Was hast du denn gemacht?« Während sie zuhörte, desinfizierte sie die Wunde und riss Driekes Paket auf, holte die Blueblooms heraus und weichte sie ein.

»Es geht wohl eher darum, was ich seiner Ansicht nach nicht gemacht habe. Aua.« Jessie schloss kurz die Augen und Maja wusste, dass etwas anderes wehtat als die Wunde am Kopf. »Seit Mama weg ist, geht es gar nicht mehr.«

Vorsichtig legte Maja eine Kompresse mit eingeweichten Blueblooms auf den Kopf und umwickelte sie mit

Mullverband. »Er weiß wohl, dass er für Becca verantwortlich ist. Sie ist in Gefahr, und er muss aufpassen. Aber weil er das nicht hinkriegt und viel zu sehr mit sich beschäftigt ist, soll ich das irgendwie machen. Das hat er beschlossen.«

»Das kannst du doch gar nicht.«

»Nein, das kann ich nicht. Gestern Nacht ist sie schon wieder nicht in unser herrliches Zuhause gekommen. Wie findest du eigentlich den Namen unserer Zuckersiedlung?«

»Jessie, es tut mir wirklich ...«

»Lass stecken! Na, jedenfalls war sie auch nicht in der Schule und ist den ganzen Tag nicht aufgetaucht. Als er von seiner Scheißmaloche, so heißt seine Arbeit, kein Mensch weiß, was er da macht, zurückgekommen ist, ist er ausgerastet.« Jessie blieb ein bisschen still. »Jetzt haben wir wahrscheinlich kein einziges Möbelstück mehr, das man benutzen kann.« Sie setzte sich auf und zum ersten Mal sah Maja sie hilflos und schwach. Jessie hatte keine Idee mehr und wusste nicht, was sie tun sollte.

»Was ist mit deiner Seite?«

»Egal, Prellung wahrscheinlich, ist morgen wieder weg.«

»Kühlpack?«

Jessie zuckte mit den Schultern, schüttelte leicht den Kopf, ging ihren Gedanken nach.

»Jemand muss auf Becca aufpassen. Sie ist vierzehn.«

»Hast du eine Ahnung, wo sie sein könnte?«

Samstagnacht war Subnacht. Die Nacht, in der alle, alle, alle auf der Tanzfläche hoch- und runtersprangen, sich in Loungen die Kante gaben, koksten, knutschten, kotzten. Maja zwängte sich energisch durch die schwankende Masse, die angeschlagene Jessie mit Kopfverband im Schlepptau und hielt nach Becca Ausschau.

»Wenn wir sie finden können, dann im Sub. Sie hat irgendwas erzählt, dass sie da einen Job kriegen kann. Ich will gar nicht wissen, was für einen.«

Maja war aus sehr vielen Gründen nie hier gewesen. Musik machte sie ja schon an sich nervös, aber die, die hier lief, war für sie persönlich quasi nicht auszuhalten. Viele Menschen. Alle nicht bei sich. Geruch. Luftfeuchtigkeit.

»Wir holen sie da raus«, hatte sie trotzdem gesagt und beschlossen.

»Da kommen wir nicht rein mit 16.« Jo schien Jessie sämtliche Entschlusskraft und allen Mut genommen zu haben.

»Deine Schwester ist ja auch drin.«

Maja hatte dem Türsteher die Sachlage sehr freundlich, aber bestimmt erklärt. Dass sie erst 16 wären und überhaupt keine Ambitionen hätten, diesen wunderbaren Klub zu besuchen, aber ein 14-jähriges Mädchen suchten, das definitiv nicht da drin sein durfte, es aber wohl war. Sie wollten sie nur da rausholen, und wenn das nicht möglich wäre, was sie natürlich verstehen würde, mussten sie die Polizei verständigen.

»Dahinten, dahinten ist sie«, brüllte Jessie Maja ins Ohr und zeigte mit dem Finger über die schwitzenden, springenden Menschen. Tatsächlich stand Becca aufgemotzt in einer der Samtsofaloungen auf dem kleinen runden Tisch und tanzte mit einem Cocktail in der Hand in voller Ekstase. Um sie herum eine ganze Meute, und bevor Maja und Jessie sich durchgekämpft hatten, ließ sie sich rückwärts in die ausgebreiteten Arme eines Typen fallen, um hemmungslos mit ihm rumzuknutschen. Jessie explodierte. Sie stürmte an Maja vorbei, schubste Leute zur Seite, preschte durch die Menge und blieb mit gezogenem Messer vor dem Typen stehen.

»Sofort die Finger weg von meiner Schwester.«

Der Typ wich zurück. »Hey, spinnst du, oder was?«

Becca ging kreischend auf Jessie los, und Maja erreichte den Tumult gleichzeitig mit einem der Aufpasser.

»Auseinander alle!«, brüllte der und ging dazwischen.

»Was fällt der ein, sich einzumischen, ich kann machen, was ich will, geht hier mit ’nem Messer auf meinen Freund los«, kreischte Becca.

Maja nahm Jessie das Messer aus der Hand, klappte es zu und steckte es ein. Dann wandte sie sich freundlich an den Typen, in dessen schützende Arme Becca sich gerettet hatte. »Du weißt aber, dass du dich strafbar machst. Das Mädchen ist vierzehn.«

Erschrocken nahm der Typ die Arme von ihr und breitete sie unschuldig aus. »Die hat mich voll angelogen, ey.«

»Na ja, man kann ja auch seine Augen aufmachen«, sagte Maja nur und streckte Becca die Hand hin. »Komm, wir gehen!« Die versteckte ihre Hände hinterm Rücken und blieb stehen.

»Mach ich nicht und mit dir schon gar nicht.« Ihre Pupillen waren winzig klein, das Grün in ihren Augen blitzte unheimlich im Stroboskoplicht.

»Die ist vierzehn?«, fragte der Aufpasser nach.

Maja nickte. »Da müssen Sie die Polizei holen und die Eltern verständigen, richtig?«

Der Aufpasser nickte langsam, wog die Konsequenzen ab. Das würde seinem Chef aber gar nicht gefallen.

Becca presste die Lippen aufeinander. Maja wusste, dass sie an Jo dachte und die drei Tage im Wohnwagen.

»Becca, komm jetzt!«, zischte Jessie, und da ging sie endlich mit. Gänsemarsch, Becca in der Mitte.

In Majas Zimmer auf dem Sofa schlief sie sofort ein. Jessie deckte sie liebevoll zu, dann schlüpfte sie zu Maja ins Bett. »So kenn ich dich gar nicht«, flüsterte sie.

»Ich mich auch nicht.« Maja war restlos überfordert

von sich selbst und wusste nicht, was sie zuerst und zuletzt fühlen sollte. Sie entschied sich für die Freude und Ruhe, die sich in ihr ausbreiteten, weil Jessie wieder da war. Das sollte ihr nicht mehr passieren, die würde sie nie wieder gehen lassen.

»Und was machen wir jetzt mit ihr?«

Jessie blieb eine Weile still. Sie lagen Gesicht zu Gesicht tief unter ihren Decken.

»Mama fehlt ihr.«

»Wo ist sie?«, fragte Maja leise, sie wollte keine falsche Frage stellen, kein Thema ankratzen, über das Jessie nicht reden mochte.

»Keine Ahnung. Sie hat es nicht mehr ausgehalten mit Jo und in dem Wohnwagen. Eines Morgens war sie weg und ist nicht mehr wiedergekommen.«

»Einfach so?«

»Es gab Streit am Abend davor und ...«

»Und dann hat sie euch einfach dagelassen?«

Jessie nickte. Mehr gab es dazu nicht zu sagen. Sie schloss die Augen.

Maja betrachtete das schöne Gesicht, die Wunde oben an der Stirn und die Wunde im Herzen, die deutlich zu lesen war.

»Wir machen den Train«, murmelte Jessie, bevor sie einschlief. »Haben auf dich gewartet.«

Als wäre Maja nicht die ganze Zeit da gewesen.

# 11. KAPITEL

Es sollte ein legendärer Sonntag werden, auch wenn erst mal alle Zeichen dagegenstanden. Als Jessie am nächsten Morgen aufwachte, war sie allein im Zimmer. Das Bett warm und weich, der Geruch nach Kaffee zog durchs Haus und am liebsten wäre sie einfach liegen geblieben. Ihr tat alles weh. Auf dem Baum vor dem Fenster saß eine Krähe, schaute sie unentwegt an, ohne zu blinzeln, und drehte verwundert den Kopf hin und her. »Du gehörst nicht hier hin, Mädchen!«

Es fühlte sich aber so an. Erst jetzt, da sie wieder hier war, merkte Jessi, wie sehr ihr der Ort gefehlt hatte. Und Maja. Tat immer so, als wäre sie ein graues Mäuschen, das verhuscht in seinem Loch saß. Von wegen!

Unten hörte sie Becca kichern, schälte sich aus den Kissen und tappte nur im T-Shirt barfuß die Treppe runter. Maja hatte alles auf den Tisch gestellt, was der Kühlschrank hergab. Auf einem Teller stapelten sich mindestens drei Packungen Pumpernickel. Becca allerdings verschlang aufgebackene Brötchen mit Marmelade und Schinken und sauren Gurken und Schokoladencreme, und die Reste davon verteilten sich zu der verschmierten Schminke in ihrem Gesicht.

»Du siehst gruselig aus.« Und wie ein Kind. Nicht wie eine 14-Jährige, die gestern noch sehr erwachsen getan hatte. Gelinde gedacht.

Maja grinste Jessie an und Becca schien es ausnahmsweise mal ganz egal zu sein, wie sie aussah.

»Komm frühstücken!« Maja deutete auf den Platz mit dem Pumpernickelturm und Jessie setzte sich. »Wo sind deine Eltern?«

»Sonntagvormittag immer in der Sauna, dann Massage, Kosmetik, Mani- und Pediküre, zipp und zapp ... und? Hat Jo sich gemeldet?«

Becca schaute ruckartig zu Jessie, ihre Pupillen bewegten sich schnell, sie war in Alarmbereitschaft.

Es gab eine Abmachung. Die beiden Schwestern hatten es sich geschworen, als Mama einfach nicht zurückgekommen war und sie erkannten, dass es keinen Sinn hatte zu warten. Sie hatten sich geschworen, niemandem davon zu erzählen. Nicht von der verschwundenen Mama oder dem immer mehr saufenden Jo, nicht von dem Wohnwagen, der systematisch auseinanderfiel oder eigenhändig zerlegt wurde und dem Mangel an allen Ecken.

»Es geht niemanden etwas an, hörst du, Becca? Uns geht es gut, wir funktionieren, wir brauchen keine Hilfe. Sonst holen sie uns, verstehst du, sie holen uns und stecken uns ins Heim. Willst du das?« Sie hatten es geschworen, aber Maja schien alles zu wissen. Jessie verstand Beccas Blick genau und zuckte mit den Schultern.

»Ich kann nichts dafür, ehrlich. Sie ist mir gefolgt. Heimlich!«

Maja presste die Lippen aufeinander.

Jessie lächelte sie an. »Aber das war ja nicht so schlecht. Jetzt passiert wenigstens was. Denn irgendwas muss passieren.«

Becca nickte nachdenklich und legte das angebissene Brötchen auf den Teller, während Jessie ihr Handy kontrollierte. Keine Nachricht von Jo.

»Wahrscheinlich ist er froh, dass wir weg sind.« Becca zog die Beine an den Körper und umschloss sie mit ihren Armen. »Was sollen wir machen? Was machen wir jetzt, Jessie?« Plötzlich hatte sie eine Idee und strahlte in die Runde. »Wir ziehen zu Maja!«

Jessie schüttelte finster den Kopf und auch Maja sprang nicht so richtig an. »Das geht nicht. Ihr Vater war schon von mir endgenervt. Was meinst du, was passieren würde, wenn du jetzt dazukommst?« Das leuchtete Becca ein. Sie schien sehr genau zu wissen, was sie tat, und dass mit ihr Kirschen essen nicht immer ein Vergnügen war.

»Was macht euer Vater denn am Sonntag?«

Die Schwestern schauten Maja verblüfft an, dann prustete Becca los. »Sauna, Kosmetik, zipp und zapp.« Jessie musste grinsen. Jo im Nagelstudio, ein Bild für die Götter.

»Schläft seinen Rausch aus. Dann versucht er irgendwas zu tun, was ansteht, aber da das so viel ist, schafft er es nie. Im Moment ist er zusammen mit Mechanic-Mike mit der Wasserversorgung der ›Schönen Aussicht‹ beschäftigt, aber das ist auch nur fake.« Jessie schnaubte. »Eigentlich wartet er darauf, dass jemand auf die Piazza kommt, der Bier dabeihat.«

Jessie zog Bilanz. Jo hatte Becca drei Tage lang eingesperrt, weil er sich nicht anders zu helfen wusste und ihm auch klar war, dass ihre nächtlichen Eskapaden nicht lange gut gehen, geschweige denn unbemerkt bleiben würden. Das hatte nicht funktioniert, natürlich nicht, sie war sofort wieder auf die Rolle. Da war er explodiert, hatte seine andere Tochter mit allem beworfen, was ihm in die Finger gekommen war, und verletzt, und jetzt waren beide weg. Die Töchter, die Frau, nur er saß allein in dem zertrümmerten Wohnwagen. Was also würde er tun?

»Der ist hackebreit!«, murmelte Becca. »Ohne Alk kommt der doch nicht klar.«

Jessie blitzte sie an. »Und du scheinst es ja genauso machen zu wollen.«

Becca blitzte zurück. »Und was sonst?«

»Vielleicht mal irgendwie funktionieren? So wie wir es ausgemacht haben?« Jessie fand, dass dies genau der richtige Zeitpunkt war, den Pumpernickelberg deutlich zu verkleinern.

»Ist das Leben aussichtslos, iss ein Pumpernickel bloß!«

»Haha.«

Maja lehnte sich auf ihrem Stuhl zurück und verschränkte die Arme. »Was wollt ihr eigentlich?«

Becca malte mit ihrem Messer ein Muster in die Butter und Jessie kaute langsam an dem Doppeldeckerpumpernickel. Beide dachten nach. Zu lange.

»Vielleicht wäre es am besten, ihr würdet irgendwo unterkommen, bevor ihr euch da die Köpfe einschlagt oder so. Manchmal ist es gut, wenn man sich trennt.«

Jessie schaute sie prüfend an, und Maja wehrte sofort heftig ab. »Manchmal!«

»Du meinst in ein Heim?«

Maja zuckte mit den Schultern. »Oder so was Ähnliches. Heim ist ein blödes Wort, aber es gibt doch bestimmt …!«

Becca donnerte das Messer in die Butter. »Wir gehen in kein Heim. Sag's ihr, Jessie! Ist ja leicht, wenn man in so einem Haus sitzt, andere ins Heim zu schicken.«

»So meint sie das nicht, Becca.« Jessie versuchte, sie zu beruhigen.

»Als ob ich das Recht hätte, euch irgendwo hinzuschicken. Es muss nur eine Lösung her.«

»Wir gehen in kein Heim!«

Jessie nickte Maja zu. Es war nett von ihr, sie wollte helfen, aber Heim kam einfach nicht infrage.

»Was ist, wenn Mama zurückkommt und wir sind nicht da?« Becca sagte das sehr leise, ihre Stimme klang rau und gebrochen.

»Wenn sie zurückkommt, dann wegen euch! Und dann findet sie euch auch.«

Becca schaute sie an. Die Tränen liefen still über ihr Gesicht.

»Vielleicht ja auch wegen Papa. Wir können ihn nicht allein lassen. Wir müssen auf ihn aufpassen.«

Jessie beugte sich zu ihr, zupfte sie am T-Shirt und zog sie zu sich rüber. Becca setzte sich auf ihren Schoß, die lange, sexy, kleine Becca, und vergrub ihr Gesicht.

Maja stand auf. »Okay, dann ist doch alles klar!«

Becca hatte sich geirrt. Als sie und Jessie in der »Schönen Aussicht« ankamen und auf die heilige Messe stießen, die sonntägliche Versammlung auf der Piazza, saß Jo nicht dabei und hatte nicht schon sein zehntes Bier, vielmehr hockte er abseits auf der Treppe des Wohnwagens, rauchte und starrte vor sich hin.

»Hey Jo, da sind sie«, rief Tante Sanne aufgeregt, »deine Mädchen sind wieder da.«

Sie sprang auf und schloss die beiden in ihre dürren Arme. »Er hat euch sehr vermisst, das kann ich euch sagen. Grooo-se Vermischung!«

Sie war ziemlich breit. Vorsichtig bog Jessie ihre Arme weg, um sie nicht zu zerbrechen, und schob sie zurück.

»Danke, Tante Sanne, danke.« Dann ging sie auf Jo zu, Becca ein Stück hinter ihr. Er hatte nicht mal den Kopf gehoben, starrte weiter durch das Lochmuster der Stahltreppe in den Boden. Jessie atmete tief ein. Genauso machen, wie sie es sich überlegt haben. Nicht aus der Ruhe bringen lassen. Versuchen hinter die Fassade zu blicken. So hatte Maja es ausgedrückt.

»Jo.«

Er sagte nichts.

»Wir haben nachgedacht.«

Knurren, das so viel bedeutete wie: als ob ihr das könntet.

Jessie setzte sich vor ihn auf den staubigen Boden, Becca blieb hinter ihr stehen, trat nervös von einem Fuß auf den anderen, wusste nicht wohin mit sich und hatte Angst.

»Wird kalt am Arsch.« Jo schnippte die schon lange fertig gerauchte Zigarette weg.

»Lass uns hier zusammen leben ohne den ganzen Scheiß!« Maja hatte es natürlich anders ausgedrückt, aber Jessie war aufgeregt und so fielen ihr nur die eigenen Worte ein. Immerhin hatten sie dieselbe Bedeutung. »Wir schlagen einen Deal vor. Becca geht am Wochenende raus. Ansonsten in die Schule, eine Freundin von mir hilft ihr dabei, den Stoff aufzuholen.« Jo schaute Becca grimmig an, sie hielt seinem Blick stand. »Wir machen einen Haushaltsplan und wechseln uns ab mit

Einkaufen, Kochen, Putzen.« Jo grunzte, was so viel bedeutete wie: Das ist ja nun wirklich nicht meine Aufgabe.

»Und meine Freundin, Maja, kommt gleich mit einem Handwerker und einem Bus voll ausrangierter Möbel, die alle tausendmal besser sind als das, was du über die Zeit zerdeppert hast.«

»Kann ich nicht zahlen«, knurrte Jo.

»Kostet nichts.«

»Kann ich doch selbst reparieren, wir brauchen keinen Handwerker«, brach es aus Jo heraus. Jessie schaute ihn schweigend an, was so viel bedeutete wie: dein Ernst, jetzt mal ehrlich!

»Und dann versuchen wir, dass das alles heil bleibt. Wenn wir uns an den Deal halten, gibt es keinen Grund mehr, ständig alles kurz und klein zu schlagen.«

Jo sagte nichts. Fummelte sich eine neue Zigarette aus dem zerknitterten Softpack.

Becca stieß Jessie von hinten an.

»Komm, wir gehen!«, flüsterte sie.

Er nahm einen tiefen Zug, blies den Rauch aus und schaute Jessie an mit ihrer Wunde auf der Stirn und dem Bluterguss, der sich davon ausgehend mittlerweile über die eine Gesichtshälfte zog.

»Tut mir leid, das.«

Jessie hielt ihm die Hand zum Einschlagen hin. »Deal?«

Jo schlug ein, die Teilnehmer der heiligen Messe spendeten grölend Applaus. Erst jetzt merkte Jessie, wie still es die ganze Zeit gewesen war. Da bog der angekündigte Transporter staubend um die Ecke.

Maja sprang aus dem Bus, streckte Jo die Hand hin und stellte sich vor. »Maja Tanner, ich bin eine Freundin von Jessie.« Jo ließ sich auf die ungewohnte Geste ein, wer erwies ihm schon den Respekt, ihm die Hand zu reichen, und die angetrunkenen Siedlungsbewohner rückten ihre Stühle und Kisten zurecht, um alles angemessen verfolgen und kommentieren zu können. »Und das ist Herr Ledermann.« Sie zeigte auf einen drahtigen Typen im Blaumann, der aus dem Transporter stieg, kurz grüßte, um sich dann sofort an die Arbeit zu machen. »Er ist bei uns im Hotel die gute Seele, der, der alles repariert, alles beschafft und immer eine Lösung weiß. Sonntags hat er frei, aber für mich macht er das.« Maja lächelte den Ledermann an, der mit zwei schicken Stühlen dazukam. »Er hat schon auf mich aufgepasst, als ich noch klein war.«

»Und? Wo sollen die hin?«

Jessie zeigte auf den Wohnwagen. »Das ist das gute Stück!«

Herr Ledermann stellte die Stühle erst mal wieder ab, inspizierte den Schrotthaufen von allen Seiten und holte dann seinen riesigen Werkzeugkasten aus dem Auto.

»Da müssen wir grundlegender drangehen, Chefin«, wandte er sich an Maja und machte eine ausholende Geste. »Alles rausräumen, bitte!«

Jessie und Maja klatschten in die Hände, los geht es, Becca hatte keine Lust, musste aber, und Jo bot Herrn Ledermann ein Bier an. Der lehnte aber ab, erst die Arbeit und so, da verzichtete Jo zum Staunen aller auch und geriet tatsächlich in Bewegung.

Nach zwei Stunden lagen alle Möbelreste auf einem Haufen vor dem Wagen, die Tür hing in zwei Angeln und ging auf und zu, die Fenster waren abgedichtet und das ganze Ding geriet nicht mehr sofort in Umsturzgefahr, wenn ein Windchen um die Ecke kam. Und während sich die anderen Bewohner der »Schönen Aussicht« die besten Sachen aus dem Müllhaufen zogen, »das kann man doch noch gebrauchen, das ist doch astrein!«, schleppten Herr Ledermann und Jo die ausrangierten Möbel aus dem Hotel zum Wagen.

»So, einrichten müsst ihr dann schon selber«, meinte der Mann für alles und nahm nun endlich das Bier, das Tante Sanne ihm zahnlos charmant lächelnd brachte. Auch Jo bekam eins, nickte ihm zu, was so viel wie danke bedeutete, und stieß mit ihm an.

»Oh Moment, jetzt hätten wir fast was vergessen«, rief Maja, sauste zum Transporter und kam mit drei unterschiedlich farbigen Farbeimern, Pinseln und Rollen wieder.

»Wände bunt anmalen?«

Jessie lächelte sie an und fühlte sich anders glücklich. Nicht wie nach einem gelungenen Piece oder der erfolgreichen Flucht vor den Bobs, nicht aufgeregt glücklich, sondern ganz ruhig. Es fühlt sich gut an, wenn jemand es bunt macht.

## 12. KAPITEL

Die Sonne war schon lange untergegangen vor der »Schönen Aussicht«, als der Wohnwagen heil, bunt, trocken und eingerichtet war. Maja hatte Ledermann nach Hause geschickt, ihm das Versprechen abgenommen, nichts den Eltern zu verraten, und ihm ein paar Scheine zugesteckt, die er nicht nehmen wollte, wozu sie ihn aber zwang. Sie hatte ihr Leben lang Taschengeld bekommen, aber selten etwas davon gebraucht. So stapelte es sich in einem alten Kinderkoffer unter ihrem Bett. Höchste Zeit, dass Luft drankam.

Sie saß neben Jessie etwas abseits auf einem Hügel, der den Blick auf den schlammigen Flussarm freigab. Von der Piazza war Musik zu hören, die Campingplatzhelden grölten mit, und dem Klatschen nach wurde jemand bei einem Auftritt angefeuert. Die dürre Tante Sanne vielleicht? Die wilde Hilde undefinierten Geschlechts?

»Gummistiefeltanz«, seufzte Jessie. »Mechanic-Mike ohne Hose.« Sie wussten beide tief in sich drin, dass nicht alles besser werden würde, Jo gab sich gerade nach allen Regeln der Kunst die Kante, aber sie hatten einmal Ordnung geschaffen. Und Becca war vorerst eingefangen. »In Jos Augen war er heute ein Schwächling, kein

Mann. Das muss er erst mal verkraften und vor den anderen wieder geraderücken.«

Maja pustete in ihre Bierflasche und machte den Ton eines nahenden Dampfers auf dem schlammigen Flüsschen. Das hatten sie und Drieke monatelang geübt. Bis sie alle Töne konnten und Frau Schuy eine Unterschriftensammlung in der Nachbarschaft gestartet hatte. »Man versteht ja sein eigenes word nicht mehr, understand?«

»Wenn ihr nicht so viele wärt und Jo nicht Jo und Becca nicht Becca und all die anderen nicht außen herum, der Fluss nicht schlammig und die Güterzüge nicht laut, wäre es echt cool jetzt.«

Jessie zuckte mit den Schultern. »Es ist, wie es ist. Und Wasser gibt es immer noch nicht.«

»Ledermann wollte es sich angucken!«

»Nur über Jos Leiche. Das ist sein Projekt. Und Mikes. An der Stelle darf nicht mal eine Schnecke vorbeikrabbeln, wo sie das Loch gegraben haben.« Jessie stieß Maja in die Seite. »Stell dir vor, neulich wollte da echt der Machohund von Hilde hinpissen. Bin unsicher, ob der noch am Leben ist.«

Maja trank ihr Bier aus und gähnte. Was für ein Tag!

»Du bist doch nicht müde?« Jessie schaute sie prüfend an. »Denn dann müssen wir den Train gleich ohne dich machen. Was schade wäre, weil wir dich fest eingeplant haben.«

Maja sprang auf. »Das ist heute? Jetzt? Dein Ernst?«

»Mein Ernst!«

Weit nach Mitternacht fuhren die Züge nicht mehr. Ein wichtiger Faktor in Äds Plan, denn sie liefen unter der Erde, in den Wurmlöchern der U-Bahn Richtung Depot.

»Die passen da meistens nicht alle rein, viele werden dann draußen abgestellt, am Ende der Strecke quasi«, erklärte er Maja, die dicht hinter ihm lief. Es roch nach Eisen und Bremsen, nach Stein und nach einem Ort, an den selten echtes Licht drang. Äd trug eine Stirnlampe, Snup und Tobi Taschenlampen, Jessie verzichtete aus Prinzip darauf, musste man im Bedarfsfall nur schnell ausmachen, dann lieber gleich weglassen.

»Das Auge gewöhnt sich an die Dunkelheit, vor allem wenn es nicht ganz dunkel ist, überall Luftschächte und Flimmerlampen.«

»Und was ist da mit Wachen und Kameras und so? Ich meine, die wissen doch, dass das ein Sprayerparadies ist.« Maja stellte genau die richtigen Fragen für Äd, so konnte er ihr alles erklären und mit seinen Vorbereitungen glänzen. Er war sicher, alles bedacht, die wechselnden Strategien der Wachmänner, was die Sprayer betraf, im Griff und ausgerechnet und einen Ort ausgekundschaftet zu haben, den die Videokameras mit ihrem Radius nicht erwischten.

»Äd irrt sich nie«, zischelte Jessie von hinten, aber

Maja konnte sich gut an die Ruinenaktion erinnern. »Da kamen die Polizisten!«

»Bobs!«, mahnte Jessie, und Äd blieb stehen und drehte sich mit sauer zusammengezogenen Augenbrauen zu Maja um.

»Hör mal, Jam, das war eine spontane Sache und voll was anderes.«

»Nee, klar, sorry, ich wollte nicht ...«

»Wenn es um Personenschutz geht, kann man nie wissen, was ihnen einfällt, da sind auch andere Bobs zuständig, die haben es viel mehr drauf, okay?«

Maja nickte eilig und warf Jessie einen Blick zu. Mist, Fettnäpfchen.

»Und das war ja erst das Geile an der Aktion, dass die Bobs kamen. Vielleicht musst du das auch mal so herum denken, Jam!«, erklärte die ihr, und sie beschloss, jetzt erst mal die Klappe zu halten. Maja hatte ein sehr gutes Gehör und einen Sinn für Gefahr. Wie sie nicht vorhandenes Licht riechen konnte, so auch Bedrohungen aller Art. Damit hatte sie sich letztendlich auch Respekt in der Schule verschafft und sämtliche Mobbingversuche im Keim ersticken können. Sie stiefelte also weiter, ohne zu reden, hielt aber Augen und Ohren offen, bis sie das Depot erreichten. Ihr Körper war gespannt und nichts mehr zu spüren von den Anstrengungen des vergangenen Tages.

Jessie hatte ihr vorher den Plan gesteckt. In diesem

Fall ging es darum, schnell zu sein. Also nicht unbedingt Kunst, eher Bombing, um möglichst viel Fläche mit der Farbe abzudecken. Sie würden nicht zusammen sprühen, sondern sich am Train verteilen. Auf die Masse kam es also an.

»Aber warum üben wir dann die ganze Zeit Schriften und Schatten und das alles?«, hatte Maja sich beschwert, während sie im frisch gestrichenen Wohnwagen den Rucksack vollpackten und Becca gelangweilt hinter ihrem Perlenvorhang lümmelte und lautstark irgendwelche Handyspiele daddelte. Und da hatte Jessie eins ihrer Hefte aus der neuen Hotelkommode gezogen und ihr Bombings von anderen Sprayern gezeigt.

»Hey, das ist genauso Kunst, eigentlich der Ursprung, das, was eben aus dem Verbotenen entstanden ist. Guck hier, von Fly, zum Beispiel. Das ist doch einfach ... bombastisch.« Maja musste es zugeben. Der Schriftzug sah toll aus und erstreckte sich über einen ganzen Wagen. Das so aus der Hand in einem Wahnsinnstempo hinzukriegen, ja, das war Kunst. Jessie blätterte mit glänzenden Augen das Magazin durch. »Oder auch hier, mega, oder?«

»Auch von Fly«, stellte Maja fest. »Ist das ein Fly-Heft oder ist er der einzige Bomber in der Stadt?«

Jessie strich beinahe zärtlich über die heiligen Seiten. »Nein, aber der Beste halt. Die drucken ja nicht irgendeinen Scheiß von irgendwelchen Toys ab.«

Jetzt, im Depot und vor dem betroffenen Zug angekommen, wurde nicht mehr gesprochen. Alle zogen ihre Kapuzen über und Snup verteilte sie auf die verschiedenen Waggons. Maja wusste genau, was sie sprayen wollte, und es musste mindestens so gut sein, wie die Dinger von diesem Fly. Allein dieser Anspruch trieb ihr den Schweiß auf die Stirn. Dabei versuchte sie, nichts von ihrer Aufmerksamkeit zu verlieren, immer auf die Geräusche von außen zu achten, also außer dem Sprayen und Klacken der Cans, dem leisen Schnaufen und den Steinen, die unter den Füßen der Crew aneinanderschlugen oder auseinanderrollten. Maja sprayte, so schnell sie konnte. Sie hatte den Waggon genau gescannt, im Kopf abgemessen und abgeteilt, das alles in wenigen Minuten, mehr Zeit hatte sie nicht, da wurde sie schon von Jess von der Seite angetrieben.

»Fang an, Jam, nicht lange nachdenken!« Für eine Anfängerin wie sie es war eine echte Herausforderung, aber es gelang gut, und als sie das Hecheln hörte, war sie beinahe fertig.

»Da kommt ein Hund!«, zischte sie hektisch zu den anderen und warf ihre Can weg, wollte loslaufen. Die anderen lauschten.

»Hör nix«, meinte Tobi, und auch Snup schüttelte den Kopf, aber Jessie zischte, »leise«, und da war es plötzlich so deutlich und nah, dass alle alles fallen ließen, sich ihre Rucksäcke schnappten und losrannten.

»Bobs mit Hunden, nichts wie weg!«

Der Fluchtweg ging zurück in die Schächte, das hatten sie vorher festgelegt.

»Sprayer, da, sie rennen in den Tunnel, hinterher!«

Maja lief vorneweg und lauschte dabei auf die Verfolger. »Es sind zwei.«

Sie hörte die anderen schnaufen und stolpern und fluchen, folgte den gepinselten Hinweisen und Straßennamen auf den Tunnelwänden und hatte plötzlich eine Idee, als sie an einer kleinen Öffnung vorbeikam, die wohl zwei Tunnel miteinander verband. *Turmstraße* stand da hingeschmiert. Maja bog ab, und die anderen folgten, ohne zu fragen. Denn würden die Bobs die Hunde loslassen, wären sie eh verratzt. Natürlich würden die auch diesen Haken riechen, den Maja geschlagen hatte, aber sie hatte etwas anderes im Sinn und hoffte inständig, dass sie einen Ausgang, einen Weg nach oben finden würde.

»Hey Jam, hast du einen Plan?«, keuchte Jess hinter ihr, und Maja winkte nur. Mitkommen. Vertrauen. Denn in der Turmstraße stand das edle Hotel ihrer Eltern: »Tanner im Turm«. Wenn sie darin untertauchen könnten, würden die Bobs ihnen mit ihren Kötern nicht folgen. Aber wo ging es weiter? Wo konnten sie raus? Maja entdeckte eine Stahltreppe, die an der Seite die Tunnelwand hinauflief. Die konnte ja wohl nicht zur Verzierung da sein. So schnell es eben ging, schwang sie sich auf die Stufen und zog sich hoch. Sie musste sich beeilen, damit die andern noch folgen konnten und nicht den Letzten die Hunde beißen würden. Maja hatte keine Zeit, darüber nachzudenken, wo sie die Kräfte hernehmen sollte, sie hatte nicht einmal Zeit sich umzudrehen und nach den anderen zu gucken.

Sie kletterte, als wäre der Teufel ihr auf den Fersen, stemmte sich, oben angekommen gegen die Gulliplatte und schaffte es tatsächlich, sie ein kleines Stück zu bewegen.

Jessie kam dazu und sie nahmen all ihre Kraft zusammen, bis sie die Platte so weit weggeschoben hatten, dass sie sich durchquetschen konnten.

Die Jungs folgten, und als sie tatsächlich alle draußen auf der Turmstraße genau vor dem Tannerturm standen, wuchteten sie den Gullideckel mit vereinten Kräften wieder zurück auf die Öffnung, holten einmal tief von der frischen Nachtluft, die nicht Eisen und Stein in sich trug, sondern Gras und Wind, und rannten dann weiter hinter Maja her zum Dienstboteneingang des Hotels. Er war mit einem Codeschloss verriegelt. Hastig tippte sie die Geheimzahl ein, in der Hoffnung, dass ihr Vater sie nicht gerade turnusmäßig verändert hatte.

»Beeil dich, die kommen!«, keuchte Snup, der den Gullideckel im Blick behielt. Beim ersten Mal klappte es nicht, Maja war zu aufgeregt, hoffte sie zumindest, versuchte es noch einmal, bitte, bitte, da schnappte die Tür auf.

Die Crew stolperte ins Hotel, stand mitten in der Empfangshalle vom »Tanner im Turm«. Schummriges Licht von einem riesigen Leuchter aus Federn, leise, beruhigende Musik, ein weicher Teppich, auf dem man beim Gehen kein Geräusch machte, und hinter dem Tresen aus uraltem Tropenholz stand niemand. Der Nachtportier schlief im Hinterzimmer. Instinktiv zogen alle die Kapuzen runter, als wären sie Männer der alten Schule, die den Hut zogen.

Maja schob die Crew aus dem Fokus der gläsernen Eingangstür, vollkommen fertig ließen sie sich in die weiche Couchgarnitur fallen.

»Harter Kontrast«, stellte Tobi fest, Snup entdeckte das silberne Nussschälchen, teilte mit Äd, während Jessie Maja beobachtete, die auf dem Lautlosteppich hinter den Tresen schlich, eine Schublade aufzog und den Generalschlüssel in Form einer Karte herausholte.

Sie warf einen Blick in den Computer, musterte die Fächerreihe der Gäste, grinste, räusperte sich und wandte sich an die Crew.

»Ich möchte Sie im Namen der Familie Tanner ganz herzlich in unserem Haus willkommen heißen. Wir wünschen Ihnen einen angenehmen Aufenthalt in dieser schönen Stadt und werden bei uns hier im Haus das Beste dafür geben. Bei Fragen und Wünschen wenden Sie sich bitte immer gerne an unser Personal.« Maja zeigte auf sich. Sie hatte das schon hundertmal gemacht, ihr Vater wollte, dass sie das Handwerk von der Pike auf mitlernte. Immerhin konnte es sein, dass sie das Geschäft später mal übernehmen wollte. Dann musste sie sich auskennen und überhaupt wissen, mit was sie es zu tun kriegen würde. »Bitte folgen Sie mir jetzt, ich zeige Ihnen nun die Suite.« Sie wandte sich an Jessie. »Sie hatten doch die Suite bestellt, richtig?«

Jessie grinste in die Runde, dann spielte sie mit. »Natürlich, das sollten Sie doch wissen, unter der machen wir es nicht.«

Maja verbeugte sich leicht. »Selbstverständlich.«

Sie fuhren mit dem Aufzug ganz nach oben, ihre grunderstaunten, verdreckten und farbverschmierten Gesichter spiegelten sich in allen Seiten, sie sahen sich von hinten und von vorne, doppelt, dreifach, hundertfach, folgten Maja sprachlos den Gang entlang, der in einer eleganten, hölzernen Doppeltür endete. Darauf stand in goldenen Buchstaben »Kaiserin Sissi Suite«. Majas Mutter hatte ein Faible für diese Frau und meinte alles, wirklich alles über sie zu wissen. Genau so sah es in der riesigen Suite mit Blick über die Stadt auch aus. Wie im Schloss der Kaiserin.

Maja schloss die Tür. »Fühlt euch wie zu Hause.«

Verloren standen die Sprayer in ihren schwarzen Hoodies zwischen Taft und Tand, vor dem riesigen, runden Bett, der reich gefüllten offenen Bar, den schweren Vorhängen vor den hohen Fenstern, die auf eine Terrasse führten. Untergrundhelden, die gerade der Polizei entkommen waren, Schmierer und Zerstörer, kriminelle Objekte, irgendwo in der grauen Zone zwischen verachtetem Versager und Künstler auf eine Art.

Sie kannten sich aus der Nacht, wussten ihre richtigen Namen nicht und zählten keine Gemeinsamkeiten, außer der, heimlich Wände und Züge bunt zu machen und mit Statements zu versehen. Nur Jessie nahm Majas Aufforderung sofort wörtlich, lief hierhin und dorthin, inspizierte und kommentierte alles, hüpfte zweimal auf dem Bett, kam aus dem Staunen über das Bad nicht mehr hinaus, drehte die goldenen Armaturen auf und »boah, da ist ja sogar ein Whirlpool!«

Maja schmiss eine Runde des teuren Whiskys, und langsam tauten auch die Jungs auf.

»Jam, wieso kannst du hier rein? Warum darfst du das alles benutzen?«, wollte Snup wissen, als sie nebeneinander auf der Terrasse standen, über ihre Stadt im nächtlichen Dunkel schauten und sich fühlten wie Piraten auf einer spanischen Galeone, frisch erobert, Sieg.

»Nicht verraten!«, mischte Jessie sich sofort ein. »Was haltet ihr davon, wenn wir uns einfach eine schöne Restnacht machen, Jams Angebot an- und hinnehmen, so wie alles, was uns persönlich betrifft.«

Sie stießen an, es war beschlossen und gab ab diesem Zeitpunkt kein Halten mehr.

Äd und Tobi verschwanden im Whirlpool und forderten nur gelegentlich Getränkenachschub an, Snup testete das riesige Bett, war kaum zu sehen zwischen all den Kissen und Rollen und Samt und Seide, allerdings ziemlich schnell zu hören, und Maja und Jessie saßen auf der Terrasse.

»Ich war fast fertig, als die Polizisten gekommen sind«, meinte Maja, und Jessie hatte keine Lust an ihrer Sprache rumzumotzen. Jedenfalls tat sie es nicht.

»Was hast du geschrieben?«

»Siehst du morgen. Tanzende Buchstaben!«

Jessie schaute sie von der Seite an und schüttelte den Kopf. »Du bist echt unglaublich. Wer hätte gedacht, was alles in dir steckt. Ich meine, du kriegst ein Bombing hin, einfach so aus dem Stand, du hörst die Bobs, wenn sie noch keiner hört, und du organisierst die Flucht an einen Ort, an dem man sich wirklich wie eine Kaiserin fühlt.«

»Lass mal, das war Zufall. Wenn da nicht ›Turmstraße‹ gestanden hätte.«

»Ja schon, aber das war ja nur das, was du in einer Nacht tust. In einer anderen rettest du kleine Schwestern, um dann das Leben einer ganzen Familie zu ordnen.«

Maja wollte das alles nicht hören. Sie fühlte sich glücklich und gebraucht. Sie wollte alles für Jessie tun, damit es leichter für sie werden konnte, sie wollte überhaupt alles tun, damit sie glücklich war. Und das strengte sie nicht an, im Gegenteil. »Das hättest du auch gemacht.«

Jessie nahm einen tiefen Schluck aus ihrem Schwenker, schwang sich aus der Sonnenliege und baute sich vor Maja auf. »Weißt du, was ich jetzt mache? Ich verpasse dir ein Tattoo. Höchste Zeit und ich bin's dir schuldig.«

Maja schaute sie verwundert an. Sie war eigentlich nie scharf auf ein Tattoo gewesen, das war ihr viel zu endgültig.

»Wenn der liebe Gott gewollt hätte, dass etwas auf unserem Körper steht, dann hätte er es doch draufgeschrieben«, hatte Drieke immer gesagt, und obwohl Maja nicht ihren Draht zu Gott hatte, konnte sie diese Theorie mitgehen.

»Kannst du das denn?«

Jessie zog eine Augenbraue hoch, krempelte ihren Ärmel hoch und zeigte ihr ein zugegebenermaßen ziemlich gekonntes Ding, natürlich im Grafittistyle. »Und?«

»Du kannst es.«

Jessie pfiff auf zwei Fingern. Das war das Zeichen für die Crew, sich auf der Stelle zusammenzurotten. »Tattootime!« Und zu Maja: »Bitte machen Sie sich frei und überlegen Sie sich Ihr Motiv.«

Maja wusste es eigentlich schon. Wenn etwas für immer auf ihrem Körper stehen sollte, dann Jessie. Jessie und sie. Das, was sie hatten, was zwischen ihnen war. Das, was sie auf den Zug gesprayt hatte.

»Aber dazu braucht man doch ...!«

Jessie hielt ihren Finger an den Mund. »Psch, jetzt lass Tante Jessie mal machen, du bist nicht mehr dran!«

Die Jungs kamen auf die Terrasse, Äd und Tobi in superweiche Handtücher gewickelt, Snup total verschlafen, aber mit seinem Rucksack in der Hand. »Tattootime?«

Maja ergab sich in ihr Schicksal und machte den Oberarm frei, den linken, wo das Herz ist.

»Tut das weh?«

Jessie lachte. »Die Bobs an der Nase herumführen, aber bei so ein bisschen Stechen die Mimi spielen. Also, was soll's sein?«

Maja flüsterte es ihr ins Ohr. Vorsichtshalber nur die Abkürzung: EM. Jessie nickte förmlich, fragte nicht und legte los wie ein Profi, mit elektrischer Nadel, echter Tattootinte und Handschuhen. Sie zeichnete nicht irgendwas vor oder so, nicht Jessie. Die macht die Sachen spontan, aus dem Handgelenk, konzentriert und schnell. Die Jungs standen außenherum, schauten zu, nickten, zeigten auf eine Stelle, da noch, Jessie wischte und stach, füllte Tinte nach und Maja spürte, dass es genau richtig war. Sie bekam ein Tattoo. Von Jessie.

Als sie fertig war und alle zufrieden, schlichen die Jungs todmüde und gut angetrunken nach Hause. Die Polizei hatte längst aufgegeben, die Arbeit war getan. Majas Tattoo pochte, EM in kunstvollen Bubbles, ineinander, übereinander, durcheinander. Aber auf keinen Fall ohneeinander.

Jessie und Maja lagen im Kaiserinnenbett auf dem Rücken und schauten an die verschnörkelte Stuckdecke.

»Hier könnte man gut wohnen«, stellte Jessie fest.

Maja nickte. »Wir sollten uns um die Wasserleitung bei euch kümmern.«

»Wir sollten hier einziehen.« Jessie drehte sich auf die Seite zu Maja, legte den Arm auf sie und spielte mit ihren Haaren. »Das passt zu uns.«

»Als ob!« Maja lächelte Jessie an. Ihr ganzer Körper stand plötzlich unter Strom. »Dann wären meine Eltern unsere Vermieter«, flüsterte sie, »ich glaube, das willst du nicht.«

»Okay. Wir suchen uns etwas anderes. Einen Ort, wo die alle nicht sind.«

»Mit lauter leeren Wänden, Mauern und Zügen und einem Laden voller Farben, wo keiner hinter der Kasse steht.«

»Von dort aus schicken wir unsere Botschaften in die Welt. Es gibt Wasserleitungen über und unter der Erde, Pumpernickelsalat, Pumpernickelsüßspeise, Pumpernickelschnitzel.« Jessie träumte still weiter. »Und Mütter. Für jeden eine Mutter, die richtig Lust hat, Mutter zu sein. Für jeden eine geborene Mutter.«

Maja beugte sich über sie und küsste sie auf den Mund. Es schien kein Risiko, es schien, als müsste es so sein und als wäre es jetzt genau die richtige Stelle im Film. Jessie antwortete, hielt den Kuss, ließ Maja nicht weg. Es fühlte sich warm an und zur gleichen Zeit nach Elektra, wie Blitze, die durch den Körper schossen und alles in absolute Alarmbereitschaft versetzten. Maja küsste immer weiter und wollte nie mehr damit aufhören. Sie küsste das ganze schöne und aufständische Gesicht, den Hals hinunter, strich mit den Händen an den warmen Armen entlang. Jessie atmete schnell, ließ den Kopf nach hinten fallen, gab ihren Körper frei, gab sich frei und stürzte sich dann plötzlich auf Maja, voller Lust und ohne jedes Bedenken.

Während die Sonne über der Stadt aufging, verloren sie sich in den weichen Kissen und ihren Gefühlen. Draußen trat der frisch bemalte Zug seine erste Fahrt an:

ELECTRICMARMALADE!

## 13. KAPITEL

»Ich hab aber keinen Bock!«

Wütend stand Maja vor ihren Eltern, die wie das hohe Staatsgericht nebeneinander auf dem Sofa saßen. »Da kann ich nicht.«

»Natürlich kannst du. Das ist keine Frage, und wie drückst du dich überhaupt aus?«

»Was meinst du? Keinen Bock haben? Das sagen alle Menschen, außer dir.« Sie hasste ihn, wirklich, und noch mehr seit Jessie und sie ein Paar waren und er ihnen, ohne davon zu wissen, unentwegt Steine in den Weg legte. Was sollte sie, bitte schön, ein ganzes Wochenende lang mit ihren Eltern in Paris? Sie hatte da nichts zu suchen, nichts zu tun. Hier aber schon. Hier war Jessie, außerdem machte sie mit Becca am Wochenende immer Nachhilfe, und noch mal, hier war Jessie. Ihre Geliebte. Keine Sekunde konnte sie ohne die irgendwo sein. Die Mutter drückte sich mit Zeigefinger und Daumen den Nasenrücken. Migräne im Anflug, konnte Maja aber nicht erschüttern. Das kannte sie ihr Leben lang. Wenn Mama etwas durchsetzen wollte und es schwierig zu werden schien, bekam sie Migräne. Dann hatten alle Mitleid und machten, was sie sagte. Nein, da fiel Maja nicht mehr drauf rein.

»Komm, Majakind, wir sind eingeladen, topchic. Wer weiß, wann wir so eine Gelegenheit mal wieder kriegen, nur wir, wir als Familie, so wie früher?«

Maja verschränkte die Arme. »Wann genau?«

Die Mutter schüttelte leicht den Kopf, wirklich anstrengend das Kind in letzter Zeit.

Der Vater legte ihr beruhigend eine Hand aufs Bein und warf Maja einen vorwurfsvollen Blick zu. »Es gibt keine Diskussion. Auch wenn wir deiner Ansicht nach keine Familie sind und Paris die pure Langeweile, du kommst mit. Deine Mutter hat alles ganz wunderbar und liebevoll arrangiert und wir treffen unseren Sponsor, wegen der Zeppelinaktion. Der möchte natürlich auch die Tochter des Hauses ›Tanner im Turm‹ kennenlernen. Also, mein liebes Kind, ob du willst oder nicht, du kommst mit.«

Maja schnappte nach Luft, wollte etwas einwenden, aber ihr Vater hob den Finger und schüttelte den Kopf, seine Lippen nur ein Strich, die dicke Zornader auf der Stirn deutlich sichtbar. »Und nein, Jessica wird nicht mitfahren.«

»Das überlebe ich nicht!«

»Paris soll echt cool sein.« Jessie saß auf der Majabank im Schulhof und aß wie immer sehr bedächtig ihr Pumpernickel, als würde sie nicht jeden Tag wieder eines bekommen, als wäre das nicht erste Majapflicht. Die lag mit dem Kopf auf ihrem Schoß und war fast schon ein bisschen verzweifelt.

»Paris interessiert mich nicht. Wie soll ich es denn zwei Tage ohne dich aushalten?«

»Du musst unbedingt Fotos von den Graffitis machen. Die haben auch eine ziemlich aktive Szene da.«

Empört setzte Maja sich auf. »Also, wenn dir das schon anscheinend voll egal ist, was ist mit Becca? Wir hatten Samstag und Sonntag ausgemacht.«

Jessie kam mit ihrem Gesicht ganz nah an Majas und durchbohrte sie mit ihrem grünen Blick.

»Erstens hat Becca 'ne zwei in Mathe ...«

»Was? Und das sagst du mir erst jetzt? Das ist ja großartig!«

Jessie grinste und äffte sie nach. »Außerordentlich großartig. Weswegen sie auch einmal keine Nachhilfe überleben wird.« Jessie legte ihren Arm um Maja und zog sie an sich. »Im Gegensatz zu mir. Ich werde hier ohne dich elendig zugrunde gehen.«

Sie küssten sich lange, als müssten sie sich in dieser Sekunde für immer verabschieden, als würde Maja in den Krieg ziehen, ihre Wiederkehr höchst ungewiss.

Von Anfang an hatten sie kein Geheimnis aus ihrer Liebe gemacht, sich auch im Unterricht ständig berührt oder Arm in Arm dagesessen und genickt, als würden sie zuhören.

Kaum jemand hatte sich gewundert, zumindest bei

Maja nicht, und nur wenige blöde Bemerkungen fallen lassen oder hintenrum gelästert. Die meisten nahmen es so selbstverständlich wie den Pausengong, und die wenigen anderen, meistens Jungs, die scharf auf Jessie gewesen waren, liefen ins Leere. Denn so war es jetzt nun mal, auch wenn es sich vorher mit ihr auf der Aschenbahn ganz anders angefühlt hatte. Selbst Tauke ignorierte die kleinen Küsse und Zärtlichkeiten, die die beiden während des Unterrichts austauschten, geflissentlich. Hauptsache, sie konnten auf seine Fragen antworten.

»Du wirst schon sehen, mit wie vielen coolen Ideen du zurückkommst. Die Crew braucht neuen Input und so eine Reise ist immer gut für die Birne.«

»Ach was, mit meinen Eltern doch nicht. Und dann tun sie so, als wäre das irgend so ein Familienausflug, dabei geht es um den Zeppelin.«

»Zeppelin?«

Maja winkte ab. »Ja, so ein Riesending. Soll mit unserem Schriftzug und unseren Gästen über die Stadt fliegen, ein Mega ...« Jessie starrte sie an und Maja stockte, dachte genau in diesem Moment dasselbe und schlug sich gegen den Kopf.

»Wahnsinn, dass ich da nicht eher draufgekommen bin. Das wäre doch ...«

»Das Coolste, was je eine Crew gemacht hat!« Aufgeregt rüttelte Jessie Maja durch. »Und schon ist diese

Reise das Wichtigste, was du je vorhattest. Von wegen Familie und so ein Scheiß. Hier geht es um knallharte Recherche, Augen und Ohren auf. Denn das Projekt Zeppelin muss von langer Hand vorbereitet werden.« Die beiden klatschten sich ab und beschlossen, die letzten zwei Stunden sausen zu lassen, und lieber jede verbleibende Sekunde bis Majas Abreise zu nutzen, um zu planen. Und zu kuscheln, erinnerte Maja.

Sie machten es sich in ihrem Zimmer gemütlich, Maja versorgte sie mit Knabberzeug und den Unterlagen aus dem Sekretär ihrer Mutter, die Zeppelinmaße, die Adresse des Hangars und all so was. Jessie war Feuer und Flamme, und Maja konnte sich nicht sattsehen an ihr, wie sie da über dem riesigen Plan hing und alles verstand, als hätte sie es schon tausend Mal gemacht, verschiedenfarbige Stifte in den Haaren und die Zunge konzentriert zwischen den Zähnen. Maja hätte sie am liebsten mit Haut und Haaren verspeist und dann für immer in sich getragen.

Ein Wochenende ohne sie schien ihr tatsächlich nicht vorstellbar.

»Also, das ist natürlich eine Nachtaktion und genau das Richtige für Äd. Wann ist der Flug geplant? Es muss am Abend davor sein, sodass wir wenigstens hoffen können, dass die nicht merken, dass noch etwas anderes auf dem Zeppelin steht. Aber was? Das muss voll der Burner sein, da können wir nicht irgendeinen Mist draufsprayen. Da geht richtig was mit Botschaft. ›Nie wieder Krieg‹, so in der Art, das natürlich nicht, aber du weißt schon, was ich meine.«

Jessie schaute zu Maja, sah deren Blick auf sich und zog grinsend die Stirn in Falten. »Hör mal, du nimmst die Sache wohl nicht ernst?«

Maja grinste zurück und küsste sie. Natürlich nahm sie das ernst. Aber lange nicht so wie ihr Begehren, ihre unbändige Lust auf dieses aufgeregt plappernde, wunderschöne Mädchen, das ihre Freundin war und immer bleiben sollte.

Jessie küsste sie zurück und zog ihr dabei das T-Shirt über den Kopf, machte mit einer Hand und einem kleinen Griff den BH auf. Maja zog ihren Kopf sanft an den Haaren zurück.

»Du darfst mich nie verlassen.«

Plötzlich schwebte Drieke durch den Raum, ihre Freundin aus Kindertagen, wie es Maja schien, ihre so ganz andere Freundin, die sie seit Wochen sträflich vernachlässigte, obwohl sie sich feierlich den Ewigkeitsschwur gegeben hatten. Draußen, zwischen den Blueblooms.

»Warum sollte ich?«

»Es gibt so, so viele Gründe jemanden zu verlassen. Manchmal passiert es sogar, ohne dass man es richtig merkt.«

Jessie strich Maja die Haare aus dem Gesicht und schaute ihr forschend in die Augen. »Ja.«

»Aber du, wir, also wir dürfen das nicht, wir müssen das unbedingt nicht tun.«

Jessie drehte sich auf die Seite, stützte ihren Kopf auf und grinste Maja an. »Wer fährt denn einfach so nach Paris?«

Maja brach neben ihr zusammen und stöhnte. »Du bist so fies. Ich meine das ernst. Richtig ernst!«

»Gibt es auch falsch ernst?«

Maja schnappte sich ihr T-Shirt und fing an Jessie damit zu vermöbeln. Kreischend wälzten sie sich halbnackt auf dem Boden und kamen erst vor zwei eleganten Pumps zum Stillstand, die in der Zimmertür warteten.

»Mama!«

Maja rappelte sich hoch und zog ihr T-Shirt an. Auch Jessie kam zum Sitzen, aber eher so wie jemand, der gespannt ist, was jetzt passieren wird.

Die Mutter ging langsam ins Zimmer, klickklack, setzte sich auf Majas Bettkante, stellte ihre langen, schlanken Beine sittsam nebeneinander und legte ihre Hände in den Schoß. Darin der pinke BH von Becca.

»Hey, da ist er ja. Becca hätte mich schon beinahe ...«, rief Jessie und schlug sich dann die Hand vor den Mund. Diesen BH hatte sie getragen, als sie das Kaiserinnenzimmer gekapert hatten.

Die Mutter seufzte. »Ja, deswegen bin ich eigentlich gekommen. Nur, um etwas völlig anderes zu sehen.« Sie rieb sich die Stirn, was Maja die Zeit gab, die Zeppelinunterlagen so unter ihren Schreibtisch zu schieben, dass sie zumindest nicht mehr auf dem Präsentierteller lagen.

»Ihr seid also heimlich ins Hotel, habt die Suite verwüstet, den ganzen Alkohol getrunken und nicht mal den Whirlpool wieder ausgelassen.«

Maja und Jessie schauten sich kurz an, aber beiden fiel absolut keine Ausrede ein. Die Mutter warf Jessie den BH vor die Füße.

»Wer ist Becca?«

»Meine Schwester«, sagte Jessie tatsächlich ein wenig kleinlaut.

»Jünger oder älter?«

»Jünger.«

Maja mischte sich ein. »Mama, lass Becca da raus, die hat nichts damit zu tun.«

»Sie sollte nicht solche BHs tragen.«

Jessie drehte das Ding in ihren Händen und musterte ihn, als würde sie ihn das erste Mal sehen. Nickte dabei.

»Was macht ihr hier? Warum hast du nichts an, Majakind?«

Sie war in seltsamer Stimmung, ihre Mutter. Nicht so leicht drüber, wie sonst immer, ruhig und kein Wort weiter zum Sissizimmer? Sie saß da und wollte etwas von Maja wissen, bereit zuzuhören. Das war ganz und gar ungewohnt und verleitete Maja dazu, einfach die Wahrheit zu sagen.

»Wir lieben uns.« Sie warf Jessie einen glücklichen Blick zu, aber die war mit dem BH beschäftigt oder tat zumindest so.

»Was soll das bedeuten?«

»Na, du weißt schon, Liebe, so wie du und Papa, oder Sissi und Franz Joseph, Julia Lambert und Dr. Fox, Susi und Strolch ...«

»Hör auf, ich weiß, was Liebe ist.« Jetzt doch die Finger an den Nasenrücken. »Willst du behaupten, du bist lesbisch?«

Darüber hatte Maja noch gar nicht nachgedacht. Sie liebte Jessie über alles, das hatte aber nichts mit einer Einordnung zu tun. Maja liebt Jessie. Punkt. Wobei ihr auffiel, dass sie es ihr nie gesagt hatte. Und umgekehrt auch nicht.

»Maja?«

Sie zuckte nur mit den Schultern. »Wenn du es so nennen willst.«

»Ich meine, ihr habt ... ihr macht ...« Die Mutter brachte es nicht über die plötzlich zitternden Lippen, wedelte mit den Händen Richtung Boden, auf dem sich die beiden Mädchen eben noch gewälzt hatten, und fand keine Worte.

Jessie schaute ruckartig hoch und schickte ihren grünen Blick in ihre Richtung.

»Wir haben Sex. Ziemlich coolen Sex sogar.«

Maja fühlte, wie ihr die Hitze ins Gesicht kroch. Es

war ihr unangenehm, sie wollte nicht mit ihrer Mutter darüber sprechen, ihr Sex ging sie nichts an.

»Wir lieben uns«, sagte sie fest und schaute ihre Mutter herausfordernd an. »Freust du dich?«

Die starrte auf ihre eleganten Füße und fing wie aus dem Nichts an zu weinen, schüttelte den Kopf, heulte in ihre gepflegte Hand.

Maja und Jessie wechselten einen erstaunten Blick.

»Mama?«

»Warum? Warum ich?«, schluchzte die.

»Du?«

Jetzt wurde die Mutter wütend und stand auf. »Warum hab ausgerechnet ich so ein schwieriges Kind, wie soll ich das nur ...?«

»Schwierig?«, schrie Maja. »Dein Kind ist sechzehn und verliebt. Das ist nicht schwierig, sondern normal.«

»Verliebt in ein ... in ein Mädchen!«, schrie die Mutter zurück. »Daran ist ganz und gar nichts normal.« Sie lief hinaus, knickte einmal kurz um mit ihrem hohen Absatz, fing sich aber wieder, zog sich den Rock nach unten glatt und drehte sich zu den Mädchen ins Zimmer. »Den Schaden im Hotel zahlt ihr zurück. Jetzt muss ich mich erst mal hinlegen.« Klickklack.

Maja pfefferte wütend einen Zeichenblock in die Ecke. »Sie ist so der verfluchte Teufel, so ekelhaft egozentrisch, so lieblos und kalt, ich hasse sie, ich hasse sie so!«, brüllte sie.

Jessie saß ruhig auf dem Boden und schaute sie mit hochgezogenen Augenbrauen an.

»Wie kann sie nur so gemein sein? Das hat doch alles überhaupt nichts mit ihr zu tun.«

Jessie fingerte ein Feuerzeug aus ihrer Hosentasche, hielt den BH hoch und zündete ihn an. »Mit dem Ding hier hat sie recht. Und bei dem anderen musst du ihr vielleicht ein bisschen mehr Zeit geben.«

»Ich bitte dich, wie kann man denn so reagieren?« Maja ließ sich rückwärts auf ihr Bett fallen.

Jessie pustete und klopfte die Reste des verkokelten BHs aus, stand auf und ließ ihn von weit oben in den Papierkorb fallen. Dann setzte sie sich zu Maja aufs Bett. »Wer weiß schon, was da ist. Das weiß man bei Müttern nie. Vielleicht steht sie in Wirklichkeit auch auf Frauen und hat das nie ausgelebt.«

»Quatsch.«

Jessie grinste. »Würde dir nicht gefallen? Ich meine, hättest du was dagegen?«

Maja verdrehte die Augen. »Nein. Aber meine Mutter ... na ja, die sieht doch nur meinen Vater, Liebling hier und Schätzchen da. Meine Mutter ...«

»Wie gesagt, man weiß bei Müttern nie so, was sie treiben.« Jessie starrte in die Ferne und Maja drehte sich zu ihr.

»Du sagst, sie hätte Jo nicht mehr ausgehalten. Und sie hatten Streit.«

»Ja, ja. Und dann geht man einfach weg und lässt die Kinder, die man bekommen und großgezogen hat, und normalerweise zumindest mutterliebt, bei dem Bastard zurück? Obwohl man genau weiß, dass die dann die ganze Scheiße abkriegen?« Jessie war plötzlich von null auf hundert.

»Nein, also eigentlich ...«, versuchte Maja sich zu korrigieren, sie wollte ja nicht den Eindruck erwecken, als könnte sie das verstehen oder würde Jessies Mutter verteidigen oder wäre schlechter dran als sie mit ihrer Mutter. Es war ja kein Schlechtemutterwettbewerb.

»Geht weg, nimmt die Kinder nicht mit, weil sie ihr nur ein Klotz am Bein wären und im Weg stehen würden bei dem Versuch, ein neues, besseres Leben anzufangen. Sandra Jung, so heißt sie bestimmt nicht mehr, wahrscheinlich hat sie schon 'nen neuen Typen und Namen und alles. Und dann erkundigt sie sich nicht mal oder schreibt mal was, zumindest die neue Adresse oder schickt irgendein anderes Lebenszeichen. Einfach weg! Jetzt mal ehrlich, Maja, verstehst du das? Kannst du das verstehen?«

Maja schüttelte den Kopf. Das mit dem Klotz am Bein konnte sie nachvollziehen, sie fühlte sich ihr ganzes Leben lang als Klotz.

Vielleicht auch, dass man sich nicht meldete, wenn man so was machte. Man wollte es hinter sich lassen, ungeschehen machen, nichts mehr damit zu tun haben.

Aber dass man seine eigenen Kinder so wenig liebte, dass es einem möglich war, so etwas zu tun, das konnte sie nicht verstehen.

»Wüsstest du gerne, wie es ihr ergangen ist?«

Jessie schaute aus dunklen Augen durch sie hindurch, und sie legte ihr eine Hand aufs Bein, brauchte Kontakt, aus Angst, sie könnte verschwinden.

»Sie kann bleiben, wo die toten Hunde begraben sind.« Jessie wischte sich über die Augen. »Aber ja, klar.«

»Habt ihr mal versucht, sie zu finden?«

Jessie schüttelte den Kopf. »Was soll das bringen? Sie will es ja nicht.«

Maja fand das nicht unbedingt so eindeutig. Vielleicht wollte sie doch wissen, wie es ihren Mädchen ging, möglicherweise saß sie gelegentlich in der »Schönen Aussicht« hinter der Tonne und beobachtete alles. Oder dachte zumindest oft an sie. Hatte ein schlechtes Gewissen, sah aber für sich keine Möglichkeit, hatte keine Wahl oder keinen Platz in ihrem neuen Leben. Vielleicht war sie ja auch im Gefängnis oder sonst irgendwie verhindert sich zu melden. Sie hatte Angst vor Jo. Oder sie schämte sich so für das, was sie getan hatte, ging davon aus, dass die Kinder ihr eh nie verzeihen würden, es nichts bringen würde. Dann dachten beide Parteien bringt nichts und liefen ihr Leben lang aneinander vorbei, obwohl sie sich nach etwas anderem sehnten.

Jessie zog die Nase hoch und sprang vom Bett. »Und

weißt du, was wir jetzt komplett aus den Augen verloren haben? Den Zeppelin!« Sie zog die Pläne unter Majas Schreibtisch hervor zurück in die Mitte des Zimmers und ihrer Aufmerksamkeit. »Los komm!«

Maja rappelte sich hoch und ging darauf ein. Genug über Jessies Mutter gesprochen, mehr war wohl zu viel.

»Wer weiß, ob sie mich noch mitnehmen nach Paris, jetzt da ich lesbisch bin.«

»Darauf musst du unbedingt bestehen, hörst du? Mach einen auf Versöhnung, kannst dich ja auch offiziell entschuldigen.«

»Weil ich lesbisch bin?«

»Oder wegen der Hotelaktion, shitegal. Wichtig ist, dass du da mitfährst und unauffällig alle Infos kriegst.«

»Aber das sind zwei Tage. Zwei Tage ohne dich!«

Jessie grinste und ballte die Faust. »Das schaffst du, Maja, echt jetzt, das geht!«

In Majas Hals zog sich alles zusammen.

»Und du? Ist dir das egal? Ich liebe dich.«

Jessie drückte ihr einen wilden Kuss mitten auf den Mund. »Da müssen wir durch. Immer im Dienst der Sache!«

Sie hielt ihr die Hand hin und Maja schlug zögernd ein. Der Dienst der Sache konnte sie mal.

## 14. KAPITEL

Das Projekt »Wasser für die Schöne Aussicht« lief auf Hochtouren. Mittlerweile hatten Mike und Jo sich Mitarbeiter dazugeholt, die sie voller Inbrunst herumkommandierten. Beinahe die gesamte männliche Belegschaft plus die Wilde Hilde, aber da war nie sicher gewesen, welches Geschlecht sie ihr Eigen nannte, grub die alten Leitungen frei, um das Leck zu finden und neue Rohrstücke einzufügen. Die tiefen Gräben, die dadurch überall entstanden, wurden mit Brettern überwindbar gemacht, und es war angeraten, möglichst tagsüber den Weg zum heimischen Wohnwagen zu suchen. Nicht auszudenken, wenn das Leck irgendwo in der Innenstadt entstanden war. Jessie wollte nicht fragen, auch weil sie die bierselige und kampfbereite Antwort schon kannte. »Dann graben wir bis in die Stadt! Bis in die Stadt, yeah!«

Es war Samstag und Maja in Paris. Sie hatte Jessie den Hausschlüssel angeboten, sodass sie das Wochenende heimlich in der Stadtvilla hätte verbringen können. Aber sie wollte lieber zu Hause nach dem Rechten sehen, vor allem nach Becca. Vor dem Wohnwagen holte sie tief Luft, genoss es auf eine Art hier zu sein und stellte ihr Handy auf Flugmodus. Maja schickte im Minutentakt verliebte Nachrichten, Jessie konnte gar nicht so viel antworten und hatte das Bedürfnis nach Stille. Auch eine Anfrage der Crew hatte sie abgelehnt. Äd sollte sich lieber um die Zeppelinsache kümmern, denn die musste nun wirklich gut vorbereitet sein.

Becca hing hinter ihrem Perlenvorhang ab, schaute lautstark irgendwelche Videos im Netz, hörte Sprachnachrichten oder verschickte selbst welche.

»... keinen Plan, aber kann schon sein, hey, wenn der Bincher auflegt ...« Als Jessie reinkam, verstummte sie.

»Hey.«

Jessie durchwühlte den kleinen Minibarkühlschrank, den sie seit Ledermanns Einsatz besaßen.

Bier, Bier, Bier und eine angekaute Kabanossi. Seufzend schaute sie auf den Plan am Kühlschrank. Jo war mit Einkaufen dran gewesen, klar. Becca wedelte mit der Chipstüte, Jessie ließ sich neben sie auf die Matratze fallen und griff zu.

»Du gehst ins Sub?«

»Hey Jessie, heute lohnt es sich echt, der Bincher ist da, der macht so den geilen Sound und alle kommen, alle.«

Jessie nickte nur. »Wie kommst du da eigentlich immer rein? Vor allem jetzt, wo die wissen, dass du erst vierzehn bist?«

Becca schaute sie an. Dein Ernst?

»Nee, sag doch mal, was ist der Trick?«

Die Kleine warf ihre langen Haare nach vorne, ließ ihr T-Shirt von der Schulter fallen und zwinkerte Jessie duckfacig an. »Bennie mag mich.«

Jessie steckte sich fünf Chips auf einmal in den Mund und kaute so laut, als ob das Geräusch den schon gehörten Satz übertönen konnte. Bennie war der Chef. Da ging nichts drüber.

»Und du?«

»Was ist mit mir?«

»Wie ist es ohne Maja?«

Jessie zuckte mit den Schultern und Becca rappelte sich hoch, kletterte über sie drüber aus der Koje und kramte Gummibärchen aus ihrem neuen Kleiderspind.

»Hey, hortest du da etwa Zeug?«

»Vorsichtsmaßnahme. Wenn er mich das nächste Mal einsperrt, muss ich mich wenigstens nicht nur von Bier ernähren. Seid ihr lesbisch?«

»Das macht er nicht mehr. Ich meine, so richtig hat er im Moment keinen Grund und da hat er schon auch echt was zu hören gekriegt von den anderen. Gib mir was ab, he, nicht alle gelben rausfischen.«

»Seid ihr lesbisch?«

Becca kletterte zurück in die Koje und schaute ihre Schwester herausfordernd an. Die wühlte umständlich in der Gummibärchentüte und warf einen Blick aus dem Fenster Richtung Piazza, grinste.

»Ganz schön ruhig hier, seit alle graben.«

»Seid ihr lesbisch?«

Jessie feuerte die Tüte in die Ecke und stand auf. »Mann, du nervst.«

Sie fing an, die Küchenzeile, die diesen Namen immer noch nicht verdient hatte, abzuwischen.

»Nur weil man sich küsst, ist man doch nicht lesbisch. Das Wort passt nicht auf uns.«

»Liebst du sie?«

»Liebst du Bennie?«

»Oh, komm jetzt, das ist doch ganz was anderes. Du verfolgst doch keinen Zweck, wenn du mit Maja schläfst.«

»Du schläfst mit ihm?

»Du schläfst mit ihr? Und du verfolgst einen Zweck?«

Jessie gab das Putzen auf und ließ sich in den Designerstuhl fallen, wippte nervös.

»Das geht dich nichts an, Becca. Und nein, ich verfolge keinen Zweck. Ich mache es einfach.«

Becca nickte wissend vor sich hin und versuchte mit dem nackten Fuß die Gummibärchentüte zu angeln.

»Du solltest mitkommen.«

»Wohin?«

»Ins Sub, Mann. Mal was anderes. Coole Mucke, geile Jungs und Stoff bis zum Abwinken.«

Jessie dachte eigentlich, sie hätte keine Lust. Aber wenn sie jetzt so in sich hineinhorchte, war das auf einmal genau das Richtige, genau das, was ihr fehlte. Von wegen Ruhe, sie war doch keine Oma! Sie überlegte einen Tick zu lange.

Becca sprang auf, riss die Arme hoch und tanzte wie verrückt durch den Wohnwagen. »Jessie kommt mit, Jessie kommt mit, yes, yes, yes!«

Eine Stunde später stöckelte sie die klapprige Treppe des Wohnwagens auf dünnen Absätzen hinab. Die Haare hochgesteckt, die Lippen rot, der Rock kurz, bereit für das, worauf sie sich freute. Hinter ihr Jessie, Hip-Hop-Style, wie immer, entschlossen und cool.

»Los, mach hin!«, trieb sie ihre Schwester an. »Hab keinen Bock, das Jo zu erklären, wer weiß, auf was für Ideen er kommt.«

»Yeaaaaah, jaaaaa, wir sind die Größten!«, brüllte der in diesem Moment irgendwo auf dem Campingplatz, und die anderen Männer und Hilde stimmten mit ein, klapperten mit den Schaufeln und Hacken Applaus und schienen vollkommen aus dem Häuschen. Die Mädchen schauten sich verwundert an, was war denn da los, hatten die einen Schatz gefunden, oder was, da kamen sie schon angelaufen, allen voran Jo, die Schaufel über dem Kopf schwingend. »Das muss gefeiert werden!« und »Bier her, Bier her oder wir fall'n um!«, sang Mike.

»Mädels, ihr könnt es euch nicht vorstellen.« Jo holte Bierdosen aus der Wanne mit kaltem Flusswasser und warf sie seinen Mitarbeitern zu. »Wir graben und graben und haben uns eigentlich damit abgefunden, ein neues U-Bahnnetz für die ganze Stadt auszuheben, da plötzlich stoßen wir ...«

»Ich war's, ich hab's gefunden!«, rief Mike dazwischen.

»Da stößt Mike auf das Leck. Ein riesiger Riss im Rohr!« Einige lachten anzüglich, Mike zeigte die Größe des Risses mit weit ausgebreiteten Armen und Jo hob sein Bier in Richtung der tapferen Männer. »Auf uns! Wasser für die Schöne Aussicht!«

»Wasser für die Schöne Aussicht!«, brüllten alle im Chor und Jessie und Becca machten, dass sie davonkamen. Die Gelegenheit günstig, Jo viel zu beschäftigt, um Einspruch zu erheben.

Im Bus plapperte Becca durch und erklärte ihrer älteren Schwester, wie man sich im Klub zu verhalten hatte, was das beste Getränk und wer wer war, erzählte ihr, warum Lilli nur ein Auge hatte, was einem aber gar nicht auffiel, wenn man es nicht wusste, weswegen sie es ja auch erwähnte, und dass Leo nie eine geküsst hatte, was defi nicht zu verstehen war, auf jeden Fall musste das bald mal erledigt werden. Jessie hörte mit einem Ohr zu und musterte draußen Mauern und Häuserfronten, auf der Suche nach neuen Pieces oder einem freien Platz. Als sie an der Josephskirche vorbeifuhren, stieß sie Becca an und zeigte auf das sehr prominente Piece über dem Mosaikfenster.

»Wow, von euch?«

Jessie nickte. »Majas Einstand.« In diesem Moment bekam sie Sehnsucht nach ihrer Freundin und schaltete ihr Handy wieder auf Empfang. »Ich liebe dich ... du fehlst mir ... wo bist du? ... Paris ist cool ...!« Dann mindestens zehn Fotos von französischem Graffitistyle. »Mit dir wäre es cooler ... würde dir sogar die Hälfte von meinem Croissant abgeben ... kein Pumpernickel weit und breit.« Und so weiter. Ungezählte Nachrichten, die mit »Rufst du mich mal an, wenn du Zeit hast?« endeten.

Becca marschierte schnurstracks an der langen Schlange vor dem Sub vorbei, um das Haus zum Hintereingang, setzte eine Nachricht ab und kurz darauf ging die Tür auf.

»Bennie!« Becca strahlte zuckersüß.

»Beccischnecki, endlich!« Er gab ihr einen langen Kuss, Jessie verdrehte genervt die Augen und schaute woandershin, dann ließ er sie rein und verpasste ihnen erst mal zwei Drinks.

Becca kannte jeden und fühlte sich irgendwie für Jessie verantwortlich, stellte sie allen vor, wobei einige sie vom letzten Auftritt her kannten. »Das ist Leo!«, sagte Becca sehr betont, damit Jessie sich an seine Geschichte erinnerte. Dann war kein Wort mehr zu verstehen. Der Bincher legte los und alle kreischten und rissen die Arme hoch und sprangen auf der Tanzfläche herum.

Jessie ließ sich mitziehen, die Musik donnerte durch ihren Körper und bis ihr Handy in der Hosentasche vibrierte, dachte sie an absolut nichts. »Maja?«

»Hey, wo bist du denn?«

»Warte, ich hör dich nicht!« Jessie kämpfte sich durch die Menge Richtung Klo, schloss die Tür und verschanzte sich in einer Kabine. »Wir sind im Sub!«

»Echt jetzt?«

»Echt jetzt. Irgendwas muss ich ja machen.«

»Wusste gar nicht, dass du auf so was stehst.«

»Hey, heute legt der Bincher auf.«

»Kenn ich nicht.«

»Ich auch nicht. Aber echt cool. Wie ist es bei dir? Wie ist es in Paris?«

»Meine Eltern nerven. Aber ich weiß jetzt, wann die Zeppelinaktion starten soll und wie wir in den Hangar reinkommen, also das Gelände, der steht draußen, das ist super für uns.«

»Top.«

»Hey, du fehlst mir so, sehen wir uns morgen Abend?«

Jessie ging aus der Kabine und schaute sich im Spiegel in die Augen. »Klar. Kennst du das, dass man sich selbst im Spiegel tief in die Augen schaut und plötzlich nicht mehr sicher ist, dass man ich ist?«

»Wer denn sonst?«

»Jemand Fremdes.«

Maja lachte. »Und? Möchtest du die schöne Fremde kennenlernen? Also, wenn ich du wäre und da, ich würde wollen.«

Jessie grinste. »Mal sehen. Sie wirkt etwas unnahbar!«

»Und ist vergeben, nicht vergessen.« Zwei zugedröhnte Mädels torkelten kichernd ins Klo.

»Ich muss aufhören, hier ist die Hölle los.« Jessie ging raus auf den Gang, die Musik donnerte ihr lautstark entgegen, der Geruch nach Schweiß und vielen Menschen. »Mach's gut, Maja, bis morgen!«, schrie sie ins Handy. Sicher antwortete die auch, aber Jessie konnte kein Wort verstehen, legte auf und wollte zurück in die Menge, da stieß sie mit einem Typen zusammen.

»Elektra.« Fly grinste sie schmal an und sah verdammt gut aus mit seinen Locken und dem weißen Hemd. Er trug immer weiße Hemden.

»Fly. Du gehst ins Sub?« Jessie tat höflich uninteressiert. Der sollte sich bloß nichts einbilden.

Fly kam ganz nah an ihr Ohr, damit er nicht so schreien musste. »Eigentlich nicht. Der Bincher ist ein Bekannter und da muss man halt.«

Klar, natürlich kannte Fly den berühmten Bincher. Und auch klar, freiwillig geht so einer wie der nicht hierhin.

Er roch gut, nach irgendeinem teuren Aftershave und ein bisschen nach Farbe, wenn man genau hinroch.

Komisch, dass er überhaupt mit Jessie sprach, sonst war sie nur unsichtbare Luft für ihn.

»Hör mal, gut, dass ich dich treffe ...«, brüllte er weiter in ihr Ohr. Jessie zog erstaunt die Augenbrauen hoch. »Hast du Bock, gehen wir kurz raus?« Natürlich hatte sie Bock. Fly sprach mit ihr, der König der Sprayer wollte ihr irgendetwas sagen!

Jessie zuckte mit den Schultern und schaute Richtung Bincher und hopsende Menge.

»Weiß nicht, ist gerade echt geil hier.« Sie suchte nach Becca, konnte sie aber nirgendwo entdecken. Fly nahm sie am Arm und zog sie mit sich Richtung Ausgang. Klar, war ihm doch egal, was sie wollte. Und ihr war egal, dass es ihm egal war, egal, dass sie nie wieder da reinkommen würde, wenn sie einmal draußen war, egal, dass Becca irgendwo war. Jessie folgte.

»Und? Was geht so bei euch?«, fragte er draußen, blieb nicht irgendwo stehen, sondern ging einfach weiter.

Jessie zuckte mit den Schultern. »Alles fresh.«

»Neue Pläne?«

Jessie schaute ihn von der Seite an. Was wollte er von ihr? Sie ausspionieren? Oder zu einem Battle herausfordern? Worauf lief das hier hinaus?

»Immer. Und du?« Sie erreichten die U-Bahnstation und Fly ging wie selbstverständlich die Treppe runter. »Also, wenn wir jetzt irgendwo hinfahren oder so, muss ich meiner Schwester Bescheid sagen.«

Fly schüttelte den Kopf und ließ sich auf einen der Plastikstühle vor den Gleisen fallen. »Warte.«

Jessie setzte sich neben ihn. Auf was denn, zur Hölle? Eine U-Bahn kam und fuhr wieder ab.

»Ich hab auch neue Pläne. Und darüber wollte ich mit dir reden.«

Mit ihr? Jessie hielt die Luft an, aber Fly sprach nicht weiter.

»Na dann los!«

»Warte.«

Jessie schnaubte, da kam die nächste U-Bahn, und als sie wieder anfuhr, sah sie es. Riesig groß, über eine ganze Wagenreihe und perfekt gesprayt: ELECTRICMARMALADE! Jessie hatte es noch nie in leibhaftig gesehen. Majas erstes Bombing, und so kunstvoll und grandios um die Fenster herumgewickelt, dass sie es kaum glauben konnte. Sie ließ sich nichts anmerken, schaute den tanzenden Buchstaben nach und lehnte sich zurück.

»Ist das von dir?«

»Jep.«

»Ziemlich gut.«

»Jep. Und wäre besser, wenn die Bobs nicht aufgetaucht wären. Mit Hunden, hast du das schon mal erlebt?«

Fly schüttelte den Kopf. »Ich geh denen aus dem Weg.«

Jessie lachte. »Wir nicht. Wir rufen die immer an.«

Fly lachte nicht.

»Du hast echt ’nen großen Sprung gemacht. Als ich das gesehen hab, dachte ich, jetzt könnte sich ein Battle mal richtig lohnen.«

Arroganter Arsch. Und was sollte das heißen, sie hatte einen Sprung gemacht? Was bildete der sich ein, das zu beurteilen? Das Piece war gut, aber Maja eine Anfängerin, da musste man dann halt schon auch genau hinschauen.

»Aber warum eigentlich? Ich meine, warum sollten wir uns gegenseitig ausstechen oder bekämpfen oder so einen Scheiß, wenn wir zusammen mit ziemlicher Sicherheit die Besten in der ganzen Stadt wären?«

Jessie verstand nicht gleich. Fly war der Beste in der Stadt. Hatte er Angst, vielleicht nur der Zweitbeste zu sein und wollte deswegen die Konkurrenz auf seine Seite holen? Schlau, aber durchschaubar.

Sie blitzte ihn an. »Schiss?«

Er lächelte ein bisschen. »Vielleicht. Was soll einer wie ich gegen jemanden unternehmen, der so schöne Augen hat?« Er schaute hinein und Jessie fiel das Herz in die Hose. Gleichzeitig ratterte es in ihrem Kopf, sie ging die Möglichkeiten durch. Immerhin plante sie gerade mit Maja, die Fly in Wirklichkeit als Partnerin haben wollte, was er aber nicht wusste, und der Crew den Coup des Jahrhunderts, eine Aktion, die sie so oder so zur besten Truppe der Stadt machen würde. Andererseits, es war Fly, der sie gerade fragte, ob sie mit ihm arbeiten wollte, und dem ihre Augen gefielen. Sie konnte und wollte die Crew und Maja nicht hängen lassen. Andererseits, hallo? Es war Fly. Vielleicht Doppelstrategie. Warum nicht? Verboten war es nicht und sie konnte sich so eine Chance nicht entgehen lassen, auf gar keinen Fall. Fly. Würde ihm auffallen, dass sie nicht die war, die das großartige Piece hingehauen hatte? Blödsinn, würde Maja sagen. Jessie war immerhin schon zwei Jahre dabei, sie hatte Erfahrung und Talent, und Maja wahrscheinlich einfach einen guten Tag gehabt.

Fly beobachtete sie beim Denken und grinste. »Du kannst nicht Nein sagen.«

Natürlich konnte sie, der Typ war echt so was von eingebildet. So eingebildet, dass er bisher nie mit irgendjemandem zusammengearbeitet hatte.

Jessie wiegte den Kopf hin und her. »Wir können es ja mal versuchen.«

Fly nickte. »Morgen Nacht am Stadttor?«

Jessie war morgen Abend mit Maja verabredet. Wie jeden Abend. »Okay.«

Er stand auf und streckte ihr die Hand hin, um ihr aus dem Sitz zu helfen. »Dann gehen wir jetzt wieder rein.«

»Nein.« Wenigstens einmal wollte sie dieses Wort zu ihm sagen. »Ich bin durch.«

Er nickte, hob die Hand zum Abschied und ging davon.

Jessie blieb einfach sitzen und versuchte zu begreifen, was gerade passiert war.

Sie schaute nicht auf ihr unentwegt brummendes Handy, wo Maja und Becca sie suchten, sondern fühlte sich stark und als hätte sie gewonnen.

Ohne zu ahnen, was diese Entscheidung für sie bedeuten würde.

## 15. KAPITEL

Eigentlich hatte Maja gehofft, dass Jessie auf der Bank im Park auf sie warten würde, um sie sofort zu küssen und dann nie wieder loszulassen. Immerhin war sie zwei Tage lang weg gewesen und hatte in Paris jede Sekunde ausschließlich an sie gedacht. Wirklich eine schöne Stadt, also ohne ihre Eltern, das aufgezwungene Kulturprogramm und die stocksteifen Abende in irgendwelchen Nobelrestaurants. Der Vater hatte so getan, als wäre nichts, als hätte ihm die Mutter nicht unter Tränen berichtet, welche nächste Flause sich die Tochter ausgedacht hatte. Wahrscheinlich war es ihm tatsächlich egal, wichtig war, dass es in der Schule lief. Oder er war sicher, dass es eben eine Flause war, die gepflegt ignoriert werden konnte. Energien bündeln hieß seine Devise.

Die Mutter sprach kaum ein Wort mit Maja, wirkte in sich versunken und blühte nur auf, wenn Sponsoren oder andere potenzielle Geschäftspartner die Serviette ihr gegenüber auseinanderfalteten und einen teuren Wein bestellten. Pour Madame.

Als Maja aus dem Auto sprang und in den Park lief, war Jessie nicht da. Sie ging auch nicht an ihr Handy und antwortete nicht auf Majas Nachrichten. »Bin wieder da!«

Also packte sie erst mal ihren Rucksack aus. Schaute auf ihr Handy. Leerte den Papierkorb samt Asche vom BH. Machte das Handy leise. Zog das Foto von Driekes Kirche aus dem Karton. Erinnerte sich. Stellte das Handy wieder laut. Nicht, dass Jessie ihres wieder verloren hatte. Im Sub vielleicht? Sie waren doch für heute Abend verabredet gewesen? Maja wollte ihre Zeppelinergebnisse präsentieren. Sie hatte sogar Gespräche heimlich mitgeschnitten. Und natürlich Jessie sehen, berühren, küssen. Aber anscheinend ging es der umgekehrt nicht so. Möglich, dass sie es nicht zeigte, nicht so überquoll. Jessie war eben anders, grundcooler und wahrscheinlich auch erfahrener in der Liebe, keine Ahnung, darüber hatten sie nie gesprochen. Das wollte Maja auch lieber nicht. Wer hört gerne, wen der andere alles wie und wo geküsst hat, wie schön es mit irgendwem im Urlaub war oder wie unendlich man ihn geliebt hatte. Maja war schon eifersüchtig, wenn Jessie morgens die Augen aufmachte. Sie kannte das nicht von sich. Aber bisher hatte es auch nur Drieke gegeben, und das war nicht Liebe, nicht so eine. Sie schaute auf ihr Handy. Kein Zeichen von Jessie. Maja konnte es kaum aushalten, malte sich alles Mögliche aus und landete am Ende immer an der Stelle, an der Jessie sie verließ und jemand anderen liebte. Unerträglich. Zur

Ablenkung machte sie ein Foto von dem Foto der Kirche und schickte es an Drieke. Das war gegen die Abmachung, weil kein Brief. Aber es ging im Moment nicht anders und wer, wenn nicht Drieke konnte das verstehen? Obwohl sie Maja vielleicht auch schon längst blockiert hatte, gestrichen und gelöscht, untreue Freundin, die sich nie meldete. Sie rollte sich auf dem Bett zusammen, machte sich ganz klein und zog die Decke über den Kopf. Wo war das Loch, um zu verschwinden? Wo die gemütliche Wartezone? Das Vertrauen ...

Ihr Handy klingelte.

»Jessie? Endlich, ich bin schon ...!«

»Hey. Drieke hier.«

»Drieke, du?«

Maja lehnte sich zurück und merkte, dass sie enttäuscht war. Zum ersten Mal seit Monaten sprach sie wieder mit Drieke. Sie hatte sie sträflich vernachlässigt, sich einfach nicht mehr gemeldet und kaum tat sie es endlich und nur weil Jessie nicht verfügbar war, meldete sich Drieke sofort zurück. Und Maja? Dachte an Jessie.

»Hör mal, Majapapaya, hast du etwa die Josephskirche angesprüht?«

»Cool, oder?«

»Cool?«

»Nicht?«

Drieke hörte sich wenig begeistert an. Aber vielleicht war sie ja auch sauer, verletzt enttäuscht.

»Das ist eine Kirche, Maja.«

Sie wusste nicht, was sie darauf sagen sollte. Schon, also ja, war ihr bekannt. »Wie geht es dir?«

Drieke atmete laut ein und aus, dann beschloss sie wohl, das Kirchenthema auf sich beruhen zu lassen. »Gut.« Eine Weile war es still. »Ich hab mich gefreut, was von dir zu hören.«

»Ja, tut mir auch so leid. Du bist nicht vergessen, echt nicht, aber da ist so viel passiert und mein Kopf war so voll und ...«

»Wer ist Jessie?«

Maja wurde auf einmal heiß. »Eine Freundin, also, sie ist neu an die Schule gekommen.« Jessie war so viel mehr! Und warum meldete sie sich nicht?

»Na, dann kann sie ja froh sein, dass sie dich getroffen hat. Das ist so ein blödes Gefühl, neu zu sein, ich kann's dir sagen. Zum Glück gewöhnen die sich ziemlich schnell an einen und man gewöhnt sich an die. Und? Mit der machst du die Graffitis?«

Maja nickte und vergaß, dass Drieke das nicht sehen konnte. »Sie lebt in einem Wohnwagen. Ihre Mutter ist einfach abgehauen.« Die letzten Tage hatte Maja so viel darüber nachgedacht, dass es jetzt so aus ihr herausplatzte. Immer wieder war sie das Gespräch darüber mit Jessie im Kopf durchgegangen und immer mehr hatte sie das Gefühl gehabt, etwas unternehmen zu müssen. Die Sache war nicht abgeschlossen, man konnte sie nicht einfach so stehen lassen und Maja wollte nichts lieber, als Jessie zu helfen, sie glücklich zu machen.

»Das ist hart.«

»Weißt du, ich überlege die ganze Zeit, ob ich die suchen soll. Damit sie mal reden können und aus der Welt schaffen, was zwischen ihnen steht.«

Drieke hörte still zu. »Meinst du?«

»Jessie leidet da ziemlich drunter und ihre kleine Schwester erst recht.«

»Ich glaube, ich würde mich da lieber nicht einmischen. Das ist nicht deine Sache.«

Sofort verfinsterte sich Majas Blick. Was wusste Drieke denn schon? Und wieso meinte sie, da etwas zu sagen zu können?

»Maja?«

»Was macht der Typ mit den Sommersprossen?«

»Hey, bist du sauer? Ich wollte nur, also, manchmal ist es gefährlich, solche Dinge ins Rollen zu bringen.«

»Manchmal bleiben die aber auch für immer auf der Stelle kleben, wenn sich keiner drum kümmert. Und man lebt sein Leben lang in einem Missverständnis.«

»Ja klar, du weißt das bestimmt besser, ich kenn ja Jessie auch gar nicht und ...«, Drieke machte eine Pause, wusste anscheinend nicht so richtig weiter, »... und der Sommersprossentyp heißt Pit und ich mag ihn sehr gerne. Hast du Blueblooms gefunden, Maja? Sind sie noch da?«

Sofort tat es Maja leid, dass sie so wütend geworden war, aber da klingelte Jessie dazwischen, Jessie rief an, sie konnte nicht weiter mit Drieke reden, keine Sekunde.

»Hör mal, ich muss aufhören, ich ruf dich zurück, ja, ich melde mich.«

»Maja, warte ...!« Sie legte einfach auf, ließ Jessie in die Leitung.

Und die hatte keine Zeit. Musste irgendwas mit ihrem Vater und der Wassersache erledigen. Sie würden morgen alles besprechen. Maja konnte nicht schlafen. Sie hörte ihre Eltern ins Bett gehen, ihre Mutter irgendwas auf Französisch kichern, draußen die letzten Autos vorbeifahren, dann war es still. Zu still. Sie bemühte das Internet als Unterhaltung, denn was machte eigentlich Julia Lambert? Dachte an Drieke, die sie unbedingt noch mal anrufen musste, aber nicht wollte. Das Gespräch war seltsam gewesen. Als hätten sie sich nie gekannt und gemocht, nie verstanden. Konnte das einfach verschwinden? Oder hatten sie sich so verändert, in verschiedene Richtungen, dass sie nicht mehr die gleichen Worte fanden? Die Lambert hatte auf einmal auch kurze Haare und mit ihrem Doktor Schluss gemacht.

Sandra Jung. Maja hatte sich den Namen gemerkt. Gucken konnte man ja mal. Tatsächlich tauchten Bilder auf und es war schnell klar, wer die Mutter war. Jessie sah genauso aus. Aufgeregt klickte Maja weiter und verbrachte die Nacht damit herauszufinden, wo sie steckte.

Am nächsten Morgen kamen sie beide gleich zu spät in die Schule. Maja deutete das als Zeichen. Die Liebe lebt, die Liebe ist richtig, alles gehört genau so, wie es ist. Eng an Jessie gekuschelt lief sie in die Klasse und es gelang ihr, sie die ganze Doppelstunde nicht nicht zu berühren. In der Pause gab es Pumpernickelparty auf der Majabank, alle wichtigen Nachrichten und Erkenntnisse aus Paris, und Maja wollte genau wissen, wie es im Sub gewesen und überhaupt dazu gekommen war.

»Becca hat mich überredet und irgendwie hatte ich plötzlich Lust. Du warst ja nicht da und die Crew nicht unterwegs.« Maja drehte Jessies Hand in ihrer. Es waren deutlich Farbspuren zu sehen. Jessie sah ihren Blick und lachte. »Da siehst du es, wie es ist, wenn man kein Wasser hat, da wo man wohnt und die einzige Freundin in der Weltgeschichte herumreist.« Sie küsste Maja, schaute sie mit ihren grünen Augen an und noch mal. »Schön, dass du wieder da bist!«

Warm floss dieser Satz durch Majas Körper und ihretwegen hätte die Zeit jetzt auch stehen bleiben können. Aber Jessie war im Planungsmodus und ziemlich aufgeregt wegen der Zeppelinaktion.

»Also, wenn das in zwei Wochen ist, dann sollten wir uns bald mit den anderen treffen.«

»Aber ich hab eine Überraschung für dich.«

»Oh, was für eine?«

»Sag ich nicht. Überraschung ist Überraschung.«

»Okay, was muss ich tun?«

»Hast du heute Nachmittag Zeit?«

Jessie nickte übertrieben schnell und oft mit dem Kopf. »Weißt du eigentlich, dass ich Überraschungen liebe? Und viel zu selten welche erlebe?«

Sie trafen sich am Bahnhof. Die Überraschung wohnte zwar in der Nähe, aber eine Kleinstadt weiter. Maja war aufgeregt. Was würde Jessie sagen? Sie stellte sich vor, dass sie zusammen an der Haustür klingelten, Jessie total aufgeregt ihre Hand drückend, dass die Mutter aufmachte, eine Weile brauchen und dann sofort in Tränen ausbrechen würde, wenn sie Jessie erkannte. So wie im Fernsehen, wenn die Leute Leute fanden, die sie lange gesucht und vermisst hatten. Sie würde sie reinbitten und sich hundert Mal bei Jessie entschuldigen, und dann würden sie Pläne schmieden, wie alles anders werden könnte, vor allem auch für Becca. Vielleicht würde die Mutter den Mädchen anbieten, bei ihr zu wohnen, auch das hatte Maja schon bedacht. Dann könnte Jessie trotzdem bei ihr auf der Schule bleiben, es war ja nur eine halbe Stunde mit der Bahn.

Jessie rutschte aufgeregt auf dem Sitz neben Maja herum. »Los, sag mir, wo wir hinfahren, ich halt's nicht mehr aus, was haben wir vor? Erster Buchstabe, komm, den kannste doch verraten.«

Maja schüttelte den Kopf. Sie war sicher, dass Jessie sofort drauf kommen würde bei »M«.

Die Strecke führte durch die Stadt aus der Stadt hinaus, vorbei am großen Tor. Darauf prangte ein deutliches, geniales, neues Piece: TOGETHER, und darunter der Tag von Fly, dahinter drei Buchstaben, die Maja auf die Schnelle nicht entziffern konnte.

»Wow, schau mal, Fly!« Aufgeregt klopfte sie an die Scheibe und Jessie nickte anerkennend.

»Grandios.«

»Und am Stadttor, ich meine, auch kein ganz ungefährlicher Ort, da sind doch immer irgendwelche Leute.«

Jessie zuckte mit den Schultern. »Sag ich doch. Fly ist genial.«

»Da müssen wir unbedingt auf dem Rückweg aussteigen und uns das genauer angucken.«

»Müsste ich erst mal den Hinweg überleben, echt jetzt, ich platze gleich!«

Maja legte Jessie den Arm um und zog sie an sich.

»Lieber nicht. Ich brauch dich noch.«

Den Weg zum Amselweg vom Bahnhof hatte Maja sich schon zu Hause eingeprägt. Es war nicht weit und nicht besonders kompliziert. Sie hatte sich sogar die Livebilder angeschaut, wenigstens sie wollte möglichst keine Überraschung erleben. Sandra Jung wohnte in einem kleinen, spießigen Reihenmittelhaus. Da gab es sicher Wasser, mehrere Zimmer und Pumpernickel im Brotkasten.

Seit sie ausgestiegen waren, sagte Jessie nichts mehr. Sie lief neben Maja her, die Hände tief in den Taschen, das Gesicht angespannt. Sie schien es zu fühlen, von einer Ahnung befallen worden zu sein.

»Gleich sind wir da.«

Jessie nickte.

»Alles gut?«

Jessie nickte.

»Warst du hier schon mal?«

Jessie schüttelte den Kopf.

In dem Moment, als sie in den Amselweg einbogen, öffnete sich die rote Tür von Nummer sieben und Sandra Jung mit einem kleinen Hund an der Leine und einem Einkaufskorb über dem Arm kam aus dem Haus.

Jessie blieb wie angewurzelt stehen und starrte die adrette Frau an, die anscheinend etwas vergessen hatte, sich umdrehte und ins Haus hineinrief. Jessie nutzte die Gelegenheit und zerrte Maja mit sich ins Gebüsch.

»Jessie!«

»Pscht.«

Ein Mann trat zu Sandra aus dem Haus, zog die Tür hinter sich zu, legte einen Arm um sie. Dann gingen sie los, den Bürgersteig entlang. Der Hund schnupperte hier und da, pinkelte, blieb immer wieder stehen. Das Paar ließ ihn gewähren, unterhielt sich angeregt, Jessies Mutter lachte auf, knuffte den Mann verspielt in die Seite. Beide sahen sportlich gepflegt, ordentlich, gesund und verliebt aus.

In der »Schönen Aussicht« wären sie sofort aufgefallen als zwei Menschen, die da definitiv nicht hingehörten. Maja schaute zu Jessie neben sich. Sie beobachtete alles scharf, ihre Lippen zusammengepresst, die Augen dunkler als sonst und vollkommen unbeweglich. Sie griff nach ihrer Hand, wollte sie trösten, ihr Kraft geben, aber Jessie zog sie weg, ballte die Faust. Das Paar ging an ihnen vorbei.

»Und die haben ein eigenes Haus auf Formentera?« Die Stimme der Mutter klang fröhlich und aufgeregt.

»Sag ich doch. Und da ist es richtig warm. Ich meine, das wäre doch was für uns, mein Schatz. Einfach mal raus, ein bisschen Meerluft schnuppern.«

Sandra hakte sich bei ihm unter und kuschelte sich an ihn. »Das wäre was. Nur wir beide.«

Der Hund schnüffelte in Jessie und Majas Richtung, hatte Witterung aufgenommen. Da war doch etwas, etwas Gefährliches, das hier nicht hingehörte.

»Taifun, komm jetzt!« Die Mutter zog an der Leine, das Paar bog um die Ecke aus dem Amselweg hinaus, der auf die Drosselstraße führt, und weg waren sie.

Jessie rührte sich nicht und Maja fuhr sich nervös

durch die Haare. Das war anders gelaufen. Nicht so gut.

»Willst du nicht kurz mit ihr reden?«, fragte sie leise, damit die Gelegenheit nicht einfach verpuffte oder vielleicht auch nur, um irgendwas zu sagen.

Jessie fuhr zu ihr herum. Sie packte sie mit beiden Händen am Hoodie und schüttelte sie.

»Hast du sie eigentlich noch alle? Bist du verrückt geworden? Was soll das?«

»Jessie, hör auf, ich wollte dir doch helfen, ich dachte ...!«

»Was dachtest du? Gar nichts hast du gedacht!« Jessie ließ sie los und stampfte Richtung Bahnhof davon.

Maja lief hinterher. »Ich dachte, wenn ihr redet ... man kann das doch nicht einfach so stehen lassen, Jessie, jetzt warte doch mal!«

Jessie stoppte, blitzte Maja giftgrün an und redete plötzlich sehr leise. »Und? Zufrieden? Meine Mutter ist glücklich. Es geht ihr gut. Sie hat einen kleinen Hund, einen reichen Mann und einen Urlaub auf Formentera vor sich. Was sie sicher nicht braucht, sind ihre dreckigen Kinder aus einem Leben, an das sie sich nicht mehr erinnert.«

»Aber das weißt du doch gar nicht.« Maja schnürte es alles zu. Sie war zu weit gegangen, Drieke hatte recht gehabt, sie hatte nicht nachgedacht, nur für Jessie und ihr Glück da sein wollen.

»Das wusste ich schon, bevor ich es dann bewundern durfte. Und jetzt lass mich in Ruhe, verschwinde, ich will dich nie wieder sehen.«

»Jessie!« Majas Stimme schrillte wie eine Alarmglocke durch die Straßen. Sie rannte ihr hinterher, wollte sie festhalten, wollte nicht, dass es so war, wie es war, und Jessie schubste sie mit solcher Macht von sich, dass sie das Gleichgewicht verlor und auf dem harten Pflaster landete.

»Fass mich nicht an! Fass mich nie wieder an!« Mit großen Schritten ging sie davon.

»Aber du liebst mich doch!« Maja schrie es durch die ganze Straße in die Welt. Aber so leise, dass Jessie es nicht hören konnte.

»Im Fall des zu Tode gekommenen U-Bahn-Mädchens gibt es nach unseren Informationen neue Erkenntnisse. Der Polizei ist es gelungen, einen Zeugen ausfindig zu machen. ›Wir können sowohl eine Selbsttötung als auch einen Unfall ausschließen‹, sagte Hauptkommissar Breitsameder auf einer Pressekonferenz. ›Und ermitteln mittlerweile relativ eindeutig in einem Mordfall.‹ Die Polizei ist derzeit auf der Suche nach der zweiten Jugendlichen, die nach einem kurzen Krankenhausaufenthalt untergetaucht und spurlos verschwunden zu sein scheint. Sachdienliche Hinweise an jede Polizeidienststelle oder direkt hier an unseren Sender.«

# 16. KAPITEL

Sie dachte nicht an Maja, nicht in diesem Moment. Jessie kauerte auf der abgefledderten Sitzbank in der Bahn, voll mit unbedeutenden Tags von irgendwelchen Toys, die heiße Stirn ans kalte Glas des Fensters gedrückt. Draußen flog die schmutzige Zwischenstadtlandschaft vorbei, keine schöne Aussicht auf dem Weg dorthin. Außer ihr saß nur eine alte, kleine Frau im Wagen, der Rücken gekrümmt, zusammengekauert wie Jessie.

Immer wieder lief ihre Mutter mit dem Hund und dem Mann durch die Sitzreihen, Arm in Arm, hin und her, glücklich lachend, verliebt kichernd, taub und blind. Ein bisschen Meerluft schnuppern.

Jessie hatte das Gefühl zu zerspringen, würde sie die Arme nicht eng um den Körper wickeln, um sich zusammenzuhalten. Der Schmerz war so groß, dass die Kraft der Arme kaum ausreichen konnte. Schon einmal hatte sie so gefühlt, vor drei Jahren, als Jo vor ihr und Becca stand, eine halbvolle Bierflasche in die Ecke des Wohnwagens schleuderte und ihnen befahl, endlich aufzuhören zu suchen.

»Die kommt nicht wieder, die könnt ihr einfach vergessen. Findet euch damit ab: Ihr habt keine Mutter, ich hab keine Frau und das ist auch egal, weil das Leben mit oder ohne sie Scheiße ist.« Becca klammerte sich an Jessie und heulte. Sie war so klein, dass sie noch heulen durfte, ohne von irgendjemandem angeblafft zu werden. Wochenlang waren sie durch die Stadt gelaufen, Jessie wild entschlossen und nicht bereit aufzugeben. Sie würden ihre Mama finden, ganz bestimmt, denn hieß es nicht, es gäbe ein Band zwischen Mutter und Kind, das sie aneinanderbindet und zueinanderzieht? Aber die Mutter hatte es wohl zerschnitten. Sie war wie vom Erdboden verschluckt, seit diesem einen Morgen, als sie die Kinder nicht weckte und das Frühstück nicht machte, als das niemand machte, sondern alle verschliefen und dann ihre Abwesenheit bemerkten.

Jo sah es erst mal locker. Die kommt schon wieder angekrochen. Was soll die denn da draußen? Kam aber nicht. Er soff sich in die Bewusstlosigkeit, angefeuert durch das Mitleid und die Spenden der Campingbrüder und -schwestern, die eine Weile versuchten, sich um die armen Kinder zu kümmern. Aber wie sollte das gehen? Sie konnten sich ja zum großen Teil noch nicht einmal selbst versorgen. Jessie und Becca waren auf sich allein gestellt, sie hatten keine Mutter und einen unzurechnungsfähigen Vater. Es gab keinen Zettel, keine Nachricht, keinen Brief. Sie war weg.

Es hatte ewig gedauert und war sehr anstrengend gewesen, das zu begreifen, die feuerfeste Mauer um die

Gefühle zu bauen, die einen sonst verbrannten, und so früh schon den Weg zu finden, den man alleine gehen konnte. Bei Jessie war Trotz die hilfreichste Eigenschaft. Sie wollte sich ihr Leben nicht von Leuten versauen lassen, die rein zufällig und wahrscheinlich auch nur aus Versehen ihre Eltern waren. Sie kämpfte sich durch und schaute woandershin.

Und dann kam Maja. Mit ihrer abgöttischen Zuneigung, die sie für Liebe hielt. Die hatte das in ihrem eisigen Elternhaus genauso wenig gelernt wie Jessie. Jetzt dachte sie doch an sie. Wollte nicht, konnte aber nicht anders. Eine kurze, erstaunliche Zeit war es gewesen, in denen sie beide Wärme und Nähe beieinander gefunden hatten. So einen Fehler sollte man nicht machen, wenn man es doch eigentlich besser wusste. Tatsächlich hatte Jessie sie an sich rangelassen, nicht vollständig, aber doch zu nah. Sofort zugeschnappt die Falle. Alles genommen, ganz und gar, mit Haut und Haar verschlungen. Erwischt, eingesperrt und zugestochen. Sie hatte es nicht zulassen wollen, nicht wahrhaben, aber Maja zog die Schlinge immer enger um ihren Hals. Warum machte man sich da was vor? Sie musste das lernen, unbedingt, sonst würde sie zugrundegehen an der behaupteten Zuneigung der anderen. »Ich liebe dich«, äffte Jessie Maja nach, hauchte eine dunkle Atemhasswolke an die Scheibe und wischte sie sofort wieder weg. Draußen stand das Stadttor mit dem Piece, das sie gestern mit Fly gezaubert hatte. Geiles Ding. Fly! Vielleicht war er so ein Mensch, mit dem man es eine Weile aushalten konnte. Arrogant, kühl, ohne viel Getue und Gezerre. Angenehm bedürfnislos, was die Zuneigung anderer Leute betraf.

Sie hatten sich kurz vor Mitternacht getroffen. Nachdem Jessie Maja angelogen hatte und dann irgendwie die Crew hinterging. Na und? Wenn man immer nur aufpasste, dass man keinem auf die Füße trat, kam man nicht voran. Sie hatten nicht viel geredet, kurz das Motiv besprochen, den Tag, FLYTRA und hastig, aber präzise ihr Werk getan. Ein neues Duo war geboren, es fühlte sich an wie ein Aufstieg, eine Nummer größer und besser.

Das Stadttorpiece würde Aufsehen erregen. Auch in der Szene.

Kein Vergleich allerdings zur Zeppelinaktion. Wütend trat Jessie den kleinen Müllbehälter von der U-Bahnwand. Gestorben, das Ding! Mit Maja würde sie nie wieder irgendwas machen.

Und warum ausgerechnet ein Haus mit einer roten Tür? Wieder lief die Mutter mit Lover und Hund vorbei. So hatte sie es sich also ausgesucht, klar, das totale Gegenteil zu Jo. Jessie lachte verächtlich. Allein hatte sie es wohl nicht hingekriegt. Musste sich wieder irgendeinen Typen suchen, der sie trug und ihr Sicherheit vorgaukelte. Warum nicht gleich ganz von vorne anfangen und auch zwei neue Kinder machen? Dürfen es diesmal vielleicht zwei Jungs sein? Jessie trat den Müllbehälter mit solcher Wucht weg, dass er durch den halben Wagen rauschte.

Das sollte sie büßen, die Tannerprinzessin, dafür musste sie bezahlen. So durfte man nicht ungestraft mit ihr umgehen! Maja war aufdringlich, übergriffig und vollkommen unfähig, Grenzen zu erkennen. »Na warte, das werde ich dir schon beibringen! Das kriegst du noch von mir, du Mörderin!«

»Der Mülleimer hat aber nothing to do with it, Darling.« Die kleine alte Frau war tatsächlich aufgestanden, um diese Botschaft loszuwerden und stieg mit Jessie am Bahnhof aus.

Zu Fuß bis zur »Schönen Aussicht« war weit. Aber sie musste runterkommen, unbedingt, bevor sie auf Becca traf. Die durfte das nicht wissen mit Mama. Würde sofort hinfahren, sie zur Rede stellen und sich die Abfuhr des Jahrhunderts einfangen. Möglich, dass die Mutter so tun würde, als kenne sie das verrückte Mädchen nicht. Die war bestimmt auf Drogen. Hilfe. Ja, und das war die zweite Möglichkeit. Wenn Becca erfahren würde, wie die Mutter ganz in der Nähe friedlich vor sich hin lebte, ohne schlechtes Gewissen, einfach ausgeblendet, dann wäre wahrscheinlich Schluss mit Zusammenreißen und so. Auf jeden Fall mussten sie eine andere Nachhilfelehrerin suchen. Maja durfte Becca nicht mehr begegnen.

Je näher sie dem heimischen Wohnwagen kam, umso schwerer wurden Jessies Beine. Jeder Schritt bedeutete einen riesigen Kraftaufwand, als wären die Sohlen ihrer Schuhe mit Kaugummi bestrichen und kaum vom Boden zu lösen. Dabei vibrierte ihr Handy im Dauertakt. Jessie setzte sich in einen Hauseingang und rauchte. Dann löschte sie gefühlt eine Million Nachrichten von Maja, ohne sie zu lesen, und blockierte sie auf allen Kanälen. Danach schaltete sie das Handy aus, und Ruhe kehrte ein. Sie würde nie wieder Pumpernickel essen. Jessie lehnte sich zurück, blies den Rauch in den Himmel und schloss die Augen. Als sie wieder aufwachte, ging die Sonne langsam unter. Es war kalt. Schlotternd und sich warm klopfend stand sie auf und lief los, unter dem Schild durch, den ganzen Stolz von Tante Sanne, tagelang hatte sie daran gearbeitet, über die neu verlegten Bretterwege bis zur Piazza. Hier saß Becca auf einem der Klappstühle, eine Flasche Bier in den Händen, eingewickelt in Jessies dicke Winterjacke. Ihre Lippen rissig, die Schminke verschmiert.

Hatte die Sitzrichtung so gewählt, dass sie nicht verpassen konnte, wenn Jessie kam. Die war nun da und versuchte so zu tun, als wäre nichts gewesen, so, wie sie es sich vorgenommen hatte, obwohl sie genau fühlte, dass etwas dazwischengekommen war. Jemand!

»Hey!«, sagte sie und ging an ihrer kleinen Schwester vorbei Richtung Wohnwagen.

»Wie war sie?«

Jessie tat so, als hätte sie nichts gehört und stieg die Treppe hoch zur scheinbar rettenden Höhle.

»Glücklich?«

Es hatte keinen Sinn. Maja war hier gewesen, Becca wusste Bescheid. »Warte kurz.«

Sie holte sich auch ein Bier aus der Minibar, die sie in diesem Moment genauso verachtete wie die edle Spenderin und setzte sich zu Becca auf die Piazza. Ihre Schwester ließ sie keine Sekunde aus den Augen.

»Sie hat einen Hund.«

»Sie mag keine Hunde.«

Jessie nickte. »Die Tür ist rot von dem Haus, in dem sie wohnt, und sie wollen vielleicht Urlaub machen.«

»Sie?«

»Die Frau und ihr neuer Mann.«

Becca saß ganz still da, heulte nicht. Sie war groß geworden.

»Maja sagt, sie wollte uns nur helfen.«

Jessie beugte sich zu Becca vor. »Hör zu: Maja ist raus. Ein für alle Mal und endgültig gestorben.« Becca musterte Jessie aufmerksam, sah wie weh ihr das alles tat, und verstand. »Und Jo darf davon nichts erfahren, okay? Der fährt dahin und sticht sie ab.«

»Oder ihn«, murmelte Becca und öffnete eine neue Flasche Bier mit der alten.

»Hey wow, seit wann kannst du das denn?«

»Das kann ich schon seit meiner Geburt.« Sie klang erschöpft, resigniert, als wäre alles langweilig.

»Zeig's mir, los, Becca, das will ich auch können!«

Beide wussten, dass das ein schwaches Ablenkungsmanöver war, erkannten aber den Versuch an und spielten mit. Zwei angeschossene Rehe, die sich gegenseitig ins Gebüsch halfen, um ihre Wunden zu lecken. Zwei Mädchen, die keine Mutter hatten.

Maja versuchte mit wilder Verzweiflung und unfassbarer Energie an Jessie ranzukommen.

»Nur reden!«

»Ich will es erklären!«

»Das kann's doch nicht gewesen sein!«

Extrem nervig. Für Jessie war alles klar und es gab nichts zu reden, keine Erklärung zu hören und, ja doch, das war's!

Sie setzte sich wieder zurück auf ihren Platz am anderen Ende des Klassenzimmers. Sprach Maja sie an, ließ sie sie wortlos stehen, las keine Zettelchen, ging nicht ans Handy, und als Maja sie einmal erwischte, weil sie von einer fremden Nummer aus anrief, legte sie sofort wieder auf.

In der »Schönen Aussicht« wussten alle Bescheid. Maja, die Nachmittage lang da zwischen Gräben, Brettern und rostigen Rohren rumhing, bekam keine Informationen, war Jessie im Wohnwagen, schloss sie ab, was tatsächlich ging, seit der Ledermann die Tür repariert hatte, war sie nicht da, eh egal, und fing Maja sie ab, schob sie sie aus dem Weg. »Hau ab« oder »Lass mich in Ruhe«, waren die einzigen beiden Sätze, die sie zu hören bekam. Auch bei der Crew hatte Jessie sie abgemeldet, was wegen des schicken Hotels mit Bedauern aufgenommen wurde, aber egal war. Es war eben nicht einfach, in so eine bestehende Sprayertruppe reinzukommen, letztendlich blieb es meistens beim Kern. Natürlich tauchte Maja auch in der Corner auf und versuchte Elektra zu sprechen, die war aber meistens nicht da. Verschwiegener als eine Sprayercrew konnte niemand sein, versteckter war man nirgendwo.

So fühlte es sich also an, wenn man gestalkt wurde. Es schränkte Jessie unendlich ein, es nervte, aber sie biss die Zähne zusammen und hoffte, Maja würde eines Tages endlich aufgeben.

»Du könntest dir doch wenigstens mal anhören, was sie zu sagen hat«, meinte Becca.

Maja tat ihr leid, sie hatte ja auch viel für sie getan und Becca mochte sie irgendwie.

Jessie war sofort auf 180. »Ich weiß, was sie zu sagen hat, und ich werde diese Tür nicht aufmachen.«

»Bisschen hart.« Becca war es schon immer egal gewesen, wenn jemand rumschrie oder wütend auf sie war. Tropfte an ihr ab, vielleicht aus Gewöhnung.

»Weißt du, was hart war? Als Mama zu ihrer verschissenen roten Tür rauskam. Als sie einen Hund hatte und einen Schleimbatzenformenteramann. Das war hart, als ich mir das angucken musste, nur weil Maja dachte, irgendwas aus Liebe mir zuliebe zu tun. Die spinnt, die hat sie nicht alle, die nimmt einen mit Haut und Haar und nichts bleibt übrig.«

»Hattest du eigentlich gar keinen Bock mit Mama zu reden? Ich meine, die hättest du ja auch anschreien können, dann hätte es wenigstens die richtige erwischt. Bist du so eine, die nicht hören will, was der andere zu sagen hat?«

Jessie starrte sie an. Sie hasste es, wenn die Kleine so tat, als wäre sie groß und auch noch recht hatte.

»Ich konnte nicht«, flüsterte sie schließlich.

Becca feilte ihren letzten Fingernagel spitz und zeigte damit auf Jessie.

»Sub?«

»Sub!«

Sie knallte sich voll weg. Die brennende Birne löschen, ohne Herzschlag durch die Nacht, am besten durchs Leben, kurzer Rock, rote Lippen, alle Typen küssen. Begehrt, allein und trotzdem unter allen. Bis Fly plötzlich vor ihr stand, die Hände in den Taschen, ein spöttisches Grinsen auf dem Gesicht. Jessie musste lachen. In ihrem zugedröhnten Kopf fand sie es wahnsinnig lustig, dass der schon wieder hier war, also auch ohne Bincher. Voll der Subgänger, dieser Fly. Er schaute ihr eine Weile beim Lachen zu, dann kippte er ihr den Inhalt seines Glases ins Gesicht.

Es war nur Wasser, Fly trank Wasser im Sub, und normalerweise wäre Jessie total ausgerastet, hätte ihm eine mitgegeben oder das Messer gezogen, aber heute blieb sie cool, heute schien es ihr, als wäre sie alles gewöhnt und könnte alles passieren, ohne dass es etwas mit ihr zu tun hatte.

Am Vormittag war Maja in der Pause zur Aschenbahn gekommen, hatte sich einfach in die Runde gestellt, eine Zigarette geschnorrt und mit spitzen Fingern, aber ohne zu husten, geraucht. Da Jessie nicht da sein wollte, wo sie war, Maja aber keine Anstalten machte, wieder zu gehen, musste sie ihren angestammten Platz verlassen.

»Pass auf, Fly!«, prustete Jessie und wischte sich mit dem glitzernden Ärmel das Wasser vom Gesicht. »Gleich kommt Maja und haut dir eine.«

Fly verstand kein Wort. »Maja?«

»Jam! Die Tannerprinzessin! Die ...« Plötzlich blitzte ein Gedanke in Jessies Kopf auf, der so gut war, dass sie sich kurz wünschte, nüchterner zu sein. Ach was, ging auch so. Sie packte Fly am Arm und zog ihn mit sich Richtung Ausgang.

»Los komm, ich brauch dich!«

»Hey, wo ...«

»Frag nicht. Flytra, du erinnerst dich?«

Das Hotel lag in der schmucken Nachtbeleuchtung, die gläserne Drehtür stand still. Damals, es schien mehr als hundert Jahre her zu sein, war Jessie gar nicht aufgefallen, wie weiß und unbeleckt die Hausmauern in die Stadt strahlten.

Fly hatte Cans dabei.

»Du nimmst Cans mit ins Sub?«

»Ich nehme Cans überall mit hin. Ich weiß ja nicht, ob du es wusstest, und es ist auch eigentlich ein Geheimnis ... ich bin Sprayer.«

Wie der Name es schon sagte, lag das Hotel in der Turmstraße, wenig befahren, aber schöne, alte Bauten und Bäume. Hier wurde gerne flaniert oder der Weg nach Hause genommen. Es galt also, schnell zu sein, ein Schatten, und die Augen hinten zu haben. Die Botschaft war klar, und Fly einverstanden: STOPPSTALKING, Tags: Fly/Elektra.

Damit machten sie es öffentlich und allen, hoffentlich auch der einen deutlich. Fly und Elektra hatten sich zu einem Team zusammengeschlossen.

Sie arbeiteten schnell, lautlos und einig. Nur Jessie schaute ab und zu bei Fly hin, wollte lernen und war fasziniert von seiner Technik und dem Talent. Sie musste möglichst unauffällig abgucken, um noch besser zu werden, so gut, wie Maja von Natur aus gewesen war. Sie wollte weiter, höher hinaus, mit Fly.

Nach kaum zwanzig Minuten äußerster Anspannung

glänzte das Piece in voller Pracht und Größe auf dem »Tanner im Turm«.

Jessie grinste zufrieden und nahm Flys Hand. »Genial!«

# 17. KAPITEL

Maja gab auf. Die Nachricht war so deutlich, dass nicht einmal sie sie übersehen oder sich schönreden konnte. Es war aus. Das Unvorstellbare, das sie von Anfang an gefürchtet hatte, eingetreten. Um irgendwie weiterleben, es überhaupt aushalten zu können, wählte sie eine alte, aber bewährte Strategie und verschanzte sich in ihrem Zimmer. Nur diesmal ging sie auch nicht mehr zur Schule. Kein Stundenplan mehr, keine Zeitrechnung, selbst den Unterschied zwischen hell und dunkel sperrte sie aus und ließ das Rollo runter. Die Eltern konnten ihr keine Mitschuld an dem Graffiti auf ihrem kostbaren Hotel nachweisen. Sie hatten es fotografiert und ihr gezeigt. Ausgerechnet die hatten ihr Jessies Botschaft überbracht. Natürlich ahnten sie, dass das Schmutzwerk etwas mit Jessicas plötzlicher Abwesenheit zu tun hatte, mit Majas Rückfall hinter ihren Haarvorhang und der hektischen Verzweiflung, die sie an den Tag legte, aber sonst? So war es dann wohl, wenn man ein Hotel in einer großen Stadt betrieb, Kollateralschaden, und gut versichert. Viel mehr nahm den Vater ihre Schulverweigerung mit. Das war neu, und er probierte mit allen Tricks und Drohungen, die ihm einfielen, das Kind daran zu hindern, sich aus einer Laune heraus ihr Leben zu versauen. Aber mit was konnte man einen Menschen überreden, motivieren, zwingen, der sich nichts wünschte, nichts vermisste, außer jemanden zurück, der aber nicht herbeizuschaffen war.

»Dann muss das Jugendamt kommen, das geht dann nicht anders, Maja. Wer nicht zur Schule geht ...!«, brüllte er gegen die verschlossene Tür, bekam aber keine Antwort.

»Lass sie, Schatz!« Ungewohnterweise mischte sich die Mutter für Maja ein. »Das Kind hat Liebeskummer. Es braucht Zeit.«

»In der sie wichtige Klausuren verpasst, einfach abbremst auf der Zielgeraden, hinschmeißt, wegen so ein bisschen Liebe. Wem soll das helfen? Wo gibt es denn so was?«

Maja saß im Dunklen auf ihrem Bett und fand, dass ihr Vater recht hatte. Rein rational. Leider brannte in ihr kein Funken dieser Rationalität mehr. Und sie konnte nicht in die Schule gehen. Da war Jessie. Wenn sie sie sah, fühlte sie sie auch, wusste sie wieder jeden Kuss, jede Umarmung, jede Nähe. Fühlte alles, was sie nie mehr haben würde. Also saß sie wie versteinert auf ihrem Bett. Bewegte sich nicht und atmete ganz flach. Sie lebte unter Wasser, wo kein Geräusch zu ihr drang und nichts geschah. Manchmal kam der große Mutterfisch vorbei, machte den Mund auf und zu, brachte Nährstoffe oder einen Pullover aus Kaschmirwolle gegen die kalten Strömungen. Und Maja war zu schwach, um ihr zu unterstellen, dass sie nur glücklich war, dass das Lesbending vorübergezogen schien. Sie war gewillt sich einzubilden, dass ihre Mutter sich das erste Mal in ihrem Leben mütterlich verhielt, voller Sorge, Zuneigung und Verantwortung. Deswegen hatte sie vielleicht auch Drieke herbestellt. Sie nahm an, dass Drieke helfen konnte.

»Majapapaya, lässt du mich rein?«

Maja hörte sie vor der Tür, konnte aber nicht antworten. Denn wenn man unter Wasser sprach, kamen Blasen und Blubbgeräusche. Keine Worte, die etwas hätten bewegen können.

»Hör mal, ich bin zufällig hier in der Gegend.« Drieke konnte noch nie gut lügen. »... und muss dich unbedingt sehen!«

Maja schüttelte den Kopf. Drieke redete weiter, erinnerte sie an Dinge, die sie zusammen machen konnten, an früher, komische Wörter, die nichts auslösten.

»Es ist wegen Jessie, oder? Ich hab dir Blueblooms mitgebracht. Sie könnten dir vielleicht ein bisschen helfen.«

Maja schüttelte den Kopf. Kinderkram. Wie sollten Blueblooms Jessies Liebe ersetzen? Unnötig machen. Wie sollten sie helfen?

Irgendwann wurde es draußen wieder still. Drieke hatte aufgegeben und Maja weinte.

Sie konnte nicht sagen, was in ihrem Kopf vorging, all die Zeit, die sie da saß, ihr war nicht langweilig, sie hatte keine Sehnsucht nach irgendwas, alles schien dumpf und unerheblich. Sie konnte sich sogar dabei zusehen und es merkwürdig finden, wie diese Maja da unter Wasser kauerte und keine Luft zum Atmen brauchte, sie konnte denken, das war's, da kommt sie nicht mehr raus, was sollte diesen Zustand je ändern?

Und dann passierte es doch.

Das Klopapier war alle. Auf ihrem Weg zur Kammer, hörte sie, dass ihre Eltern zu Hause waren und unten miteinander redeten. Es musste also Abend sein. Sie wollte nicht hinhören, hatte eh das Gefühl, dass sie aufhörte, die Sprache der Menschen zu verstehen, aber dann fiel mehrfach das Wort Zeppelin. Trigger, Jessie, Alarm! Sofort rebellierte in Maja alles. Wie ferngesteuert blieb sie stehen, versuchte sich zu konzentrieren und es gelang ihr, den Sinn der aufgeregten Töne zu entschlüsseln. Der Zeppelin mit der Aufschrift des Hotels »Tanner im Turm« würde morgen mehrfach mit Gästen starten und der ganzen Stadt die frohe Botschaft verkünden: Das ist das beste Hotel.

Maja erwachte zum Leben. Auf einmal war sie wieder da und hatte die Idee des Jahrhunderts. Aufgekratzt rannte sie in ihr Zimmer zurück, kramte hinten aus ihrem Schrank die Cans hervor, die sie noch hatte, kontrollierte, wie viel von welcher Farbe da war, und entwarf danach das beste Graffiti, das je gesprayt wurde, und zwar auf einen Zeppelin, der 24 Stunden über der Stadt fliegen würde, um Jessie zu zeigen, wie sehr Maja sie liebte, und was für ein Verlust es wäre, sie aufzugeben.

Sie hatte gut zugehört in Paris, wusste alles, was sie wissen musste, und war sicher, mit dieser Aktion Jessies Herz zurückerobern zu können. Denn sie war mutig, die Aktion und Maja. Als ob man diesen Äd-Nerd dafür brauchte! Wenn keiner mehr was mit ihr zu tun haben wollte, dann machte sie es eben allein. Und dann würden sie schon sehen, wer die Beste war in dieser Stadt. Jessie mit ihrem Fly sicher nicht.

Natürlich hatte der Stich gesessen, mitten ins Herz und dreimal umgedreht, letztendlich aber schien es Maja eine durchschaubare Masche, so: Guck, ich bin vergeben und habe mich auch umorientiert. Vergiss Electricmarmelade!

Von wegen! Die würde jetzt erst mal groß rauskommen!

Sie zog sich schwarze Klamotten an, den Hoodie, den sie mit Jessie zusammen gekauft hatte, damals, vor über tausend Jahren, wie es ihr schien, als es dann so geregnet hatte und Jessie das erste Mal ... Aufhören daran zu denken. Sie war bereit und zog das Rollo hoch. Draußen war es dunkel und ein entschlossener Wind blies die letzten Blätter von den Bäumen. Maja beobachtete eine Zeit lang, wie sie im Licht der Straßenlaterne tanzten, dann ging sie die Treppe runter.

»Ich bin mal weg«, rief sie Richtung Wohnzimmer, als wäre sie ein ganz normales Mädchen, das eben manchmal abends ausging.

»Was? ... Halt! ... Maja, warte!«, riefen ihre Eltern durcheinander, denn beide hatten diesen Moment herbeigesehnt, in dem ihre Tochter das Zimmer wieder verließ.

»Hab's eilig!« Tür zu.

Sie konnte sich vorstellen, wie die gewandelte Mutter den Vater aufhielt und »lass sie!« sagte, und danach: »Na siehst du, wusste ich es doch, dass es vorbeigeht.«

Maja lief durch die Nacht, kühle Wassertropfen aus der Luft legten sich auf ihr Gesicht und sie fühlte sich plötzlich so frei und behütet, dass die Angst keinen Platz mehr in ihr fand.

Der Hangar war am Flughafen, eine riesige Halle etwas abseits mit einem Maschendrahtzaun drum herum und einem kleinen Holzhäuschen, in dem der Wachposten saß und die Schranke kontrollierte. Einige Lichtmasten standen um den riesigen Zeppelin herum, der draußen schon bereit war für seinen spektakulären Hotelflug, der aber ein spektakulärer Jessie-Maja-Liebesflug werden würde. Aber das wusste ja keiner.

Ruhig lehnte Maja am Zaun und betrachtete die Gegebenheiten. In Wirklichkeit sah dann doch immer alles ein bisschen anders aus als in der Vorstellung, die man sich nach irgendwelchen Plänen machte.

»Hotel im Turm« stand auf dem Corpus, aber das störte nicht, denn Maja wollte ihr Piece sowieso unten hinsetzen. Da stand nichts, war ausreichend Platz und gut sichtbar für alle, die in den Himmel schauten.

Es war kurz vor Mitternacht. Natürlich hatte in den Plänen nichts darüber gestanden, wann der Wachposten abgelöst wurde oder Pause machte, das interessierte ja niemanden außer Maja, aber es sollte nicht allzu schwierig sein auf allen vieren unter der Schranke und vor allem unter dem Beobachtungsfenster durchzukriechen. Dann, so weit es ging, in der Deckung der Passagierkabine bleiben, mithilfe der Leiter hoch und hoffen, dass der Zwischenraum schattig genug war und nicht im Fokus des Wächters lag. Maja entfernte sich vom Zaun in die angrenzenden Büsche und bewegte sich gut geschützt Richtung Hangar. Laut Plan war der Sicherungskasten für die Außenlichtanlage dort und tatsächlich fand Maja ihn auf der Rückseite der Halle. Er war nicht mal abgesperrt oder sonst irgendwas. Der Sicherungskasten war nicht gesichert!

Die einzelnen Hebel aber auch nicht beschriftet. Welcher von den unzähligen Dingern war der fürs Außenlicht? Wie sollte man das erkennen? Und rumprobieren war nicht drin, das würde den Posten sofort alarmieren. Also entschied Maja sich für die Hauptsicherung, legte den Schalter um, brach ihn ab und fuhr so den Strom für die gesamte Anlage und auch das Holzhäuschen runter. Der Wärter war sofort in heller Aufregung, natürlich, hackte auf seinem Computer herum, probierte die Telefonanlage und knipste am Lichtschalter herum. Nichts ging mehr, und so verließ er sein Häuschen, um nach dem Rechten zu sehen. Das war gleich noch besser als der ursprüngliche Plan.

Maja konnte ungehindert und ungesehen durch die Schranke und über das Feld zum Zeppelin laufen, der jetzt in vollkommener Dunkelheit lag.

Der aufgeregte Aufpasser würde die beschädigte Hauptsicherung entdecken und reparieren oder ersetzen müssen und das konnte lange genug dauern, um das Piece zu platzieren. Dennoch: Augen und Ohren offen halten, angespannt wie ein Flitzebogen, schnell, effektiv und präzise.

Sie kletterte die Leiter hoch bis zum Einstieg und zog sich von dort auf die Kabine, legte sich flach hin und sondierte die Lage. Der Typ war weit und breit nicht zu sehen, alles dunkel. Maja holte die Cans aus dem Rucksack, stand auf und sprayte über Kopf ihr Piece auf den Zeppelin:

JESSIE I LOVE U. Diesmal vergaß sie nicht mit ihrem Tag zu unterschreiben, und weil es immer noch dunkel war, wurde sie übermütig und sprayte einen Rand in anderer Farbe um den Schriftzug. Es musste einfach groß und großartig rüberkommen. Sie stellte sich vor, wie Jessie es sehen würde, vielleicht in der »Schönen Aussicht«, auf der Treppe vom Wohnwagen. Dort würde sie sitzen und traurig sein, weil sie dachte, Maja nie verzeihen zu können, sich aber nach ihr sehnen und jede Minute vermissen, die sie miteinander verbracht hatten. Plötzlich würde sie dieses Brummen hören und nach oben schauen. Genau über ihrem Kopf stand das, was sie wissen musste, von Maja für sie, unter Einsatz ihres Lebens gemacht. Jessie würde aus allen Wolken fallen und könnte einfach nicht mehr sauer sein, so groß wäre ihre Bewunderung für Maja. Und die stünde bereit, denn gleich würde Jessie unten am Fenster auftauchen und nach ihr rufen ...

In diesem Moment ging das Licht an. Und nicht nur das eine, sondern alle. Maja stand in grellem Scheinwerferlicht die Can in der Hand. Und unten der Wachposten. Starrte sie mit offenem Mund an. Und zückte dann sein Handy.

Auf der Polizeiwache roch es nach Kopierer, alten Holzaktenschränken und Wurstbroten.

Der Wachtmeister hatte schlechte Laune. Wahrscheinlich wollte er lieber zu Hause im Bett liegen, als einer störrischen 16-Jährigen Fragen zu stellen.

»Name?«

»Maja.«

»Nachname!«

Wollte sie nicht sagen. Sie war die Tochter vom Tanner, der seinen guten Ruf nicht verlieren durfte. Wenn er gesehen hätte, wie zwei Polizeiautos beim Hangar bremsten, die Bobs raussprangen und sich breitbeinig um den Zeppelin stellten, um die Saboteurin festzunehmen, wenn er das gesehen hätte! Maja musste grinsen.

»Ich kriege ihn sowieso raus«, seufzte der Wachtmeister, »und wenn du meinst, hier blöd grinsen zu müssen, kann ich dich auch gerne über Nacht hierbehalten.«

Eigentlich hatte Maja nichts dagegen, was sollte sie zu Hause, wo eben jener Tanner ihr Vorträge halten und sich Strafmaßnahmen ausdenken würde? Das Problem war nur, dass der Zeppelin fliegen sollte, unbedingt, und eben auch mit der Verschandelung auf seinem Bauch. Wie auch immer, der Vater musste überredet werden.

»Tanner.«

Der Polizist zog die Augenbrauen hoch.

»Der Tanner?« Er pfiff durch die Zähne. »Telefon?«

Maja zog ihren Haarvorhang zu und beobachtete ihn dabei, wie er die Nummer in sein Standtelefon tippte. Dabei drehte er sich auf dem Stuhl hin und her und klopfte mit einem Stift auf den Tisch.

»Herr Tanner? Entschuldigen Sie die Störung ...«

Sie hörte nicht weiter zu und starrte auf ihre Hände, die voller Farbe waren, das Geschehene bezeugten. Sie hatte es wirklich getan. Und ja, am Ende war es schiefgegangen und würde Konsequenzen haben, aber bitte, das juckte keinen alten Hund. Hauptsache, Jessie schaute im richtigen Moment nach oben.

»Maja? Hallo!« Der Wachtmeister beugte sich vor und schaute ihr durch seine dicken Brillengläser in die Augen. Seine waren groß, aber nicht in Wirklichkeit, ihre brannten und sie schloss sie vorsichtshalber.

»Dein Vater ist nicht bereit, dich jetzt noch abzuholen. Du musst wohl hierbleiben.«

Sie saß in der Zelle, die ihr zugewiesen wurde, auf der Pritsche, die aussah wie im Film, echt auch mit so einer kratzigen Wolldecke, die Beine angezogen und mit den Armen umschlungen, auch wie im Film, und schaute durch das kleine, vergitterte Fenster in die Dunkelheit. Als wäre draußen nichts.

Ihr Vater hatte wohl gedacht, soll sie den Mist doch ausbaden, den sie sich eingebrockt hat, ich geh wieder ins Bett. Aber Maja wusste genau, dass sie beide wach waren, am Küchentisch saßen und darüber nachdachten, wie es mit ihrer missratenen Tochter weitergehen sollte. Sie hatte ihrer Mutter schreiben wollen, immerhin war sie die letzte Zeit auf ihrer Seite gewesen, aber der Wachtmeister war eben schlecht gelaunt und wohl auch von Natur aus kein besonders netter Kerl. Sie musste alle ihre Sachen abgeben, und hoffen, dass sich die Mutter für den Zeppelinflug einsetzte. Es war ja nicht schwer zu erkennen, was Maja mit ihrem Piece bezweckte, und vielleicht würde es ja gerade noch mehr Aufsehen erregen, gut fürs Hotel. Wichtig war nur, dass die Mutter nicht voll gegen das Lesbending war. Maja seufzte. Sie konnte es jetzt nicht mehr beeinflussen, musste es dem Schicksal und dem Wohlwollen der anderen überlassen. Ihr Blick fiel auf das eine Buch, das in dem kleinen Regal stand. Die Bibel. Stand da, um die schlechten Menschen, die hier saßen auf einen besseren Weg zu führen. Maja war immer ein bisschen neidisch auf Drieke gewesen, weil sie so felsenfest an Gott glaubte. Er war für sie eine Selbstverständlichkeit, und so konnte sie sich wesentlich angstfreier durchs Leben bewegen.

Sie hatte einen Leitfaden und Regeln. Und sie vertraute felsenfest auf die Liebe.

Neben dem Regal ein kleiner Holztisch an der Wand, darauf ein Block und ein stumpfer Bleistift. Sie rappelte sich hoch, setzte sich auf den Stuhl, zog ihn ran und fing an zu schreiben.

*Liebe Drieke!*

*Da wo ich jetzt bin, bin ich genau richtig, weil ich da genauer betrachtet schon immer war, aber es nicht benannt wurde. Hier ist niemand, es ist dunkel und ich kann nicht raus, was ich ja auch gar nicht will. Es gibt kein Geräusch und nur einen leichten Geruch nach Staub und Putzmittel. Ich habe sogar ein Klo auf dem Zimmer und muss nicht raus, um Klopapier zu holen, wenn es alle ist. Ich kann gar nicht. Dann habe ich eben kein Klopapier. Aber genug davon, denn eigentlich wollte ich mich bedanken, dass du da warst. Ich weiß das sehr zu schätzen. Es geht mir viel besser, weißt du, ich hatte eine sehr gute Idee, sicher würdest du mir nicht glauben, wenn ich erzählen würde. Es ist auch nicht so wichtig, also nicht für dich, aber ich weiß, dass Jessie aufhören wird, sauer auf mich zu sein. Du hast recht behalten, es war nicht sehr gut, mich da einzumischen und Jessie dann ohne Vorwarnung ins eiskalte Wasser zu schmeißen. Das tut zu weh und all die Wut, die sich angestaut hat, ergießt sich dann über denjenigen, der das angerichtet hat. Aber jetzt wird sie aufhören damit und wieder unten am Fenster nach mir rufen. Was ich damit sagen wollte, du musst dir keine Sorgen um mich machen, ich schlage mich durch und werde alles zum Guten wenden …*

Genau in diesem Moment begann draußen ein kleiner Vogel aus voller Brust zu zwitschern. Maja schob den Stuhl unter das Fenster, kletterte hoch und schaute hinaus.

Aber sie konnte ihn nicht sehen, und begnügte sich damit, seiner Melodie zu lauschen, die den nahenden Morgen und wichtigsten Tag in Majas Leben begrüßte.

*... Das verspricht dir deine alte Freundin Maja.*

Es war ein anderer Polizist, der am Morgen die Zelle aufsperrte und sie rausführte, ohne ein Wort zu sagen. Draußen im Flur saßen alle möglichen Menschen auf Stühlen, an der Wand entlang. Welche, die warteten, abgeführt zu werden, welche, die etwas loswerden wollten, und welche, die die Bösewichte abholten. Dazu gehörte Majas Mutter. Elegant und gerade stand sie, hätte sich niemals zu den anderen gesetzt, das Gesicht versteinert, was so viel hieß wie, sprecht mich bloß nicht an, und entschlossen. Wortlos legte sie ihrer Tochter die Hand auf den Rücken und schob sie hinaus zum Auto. Die Ruhe vor dem Sturm. Maja setzte sich auf den Beifahrersitz, ließ die Haare zufallen und schaute demonstrativ von der Mutter weg nach draußen. Die sagte weiterhin nichts zu ihr, fluchte nur wie immer über das bevormundende Piepen des Anschnallgurtes und fuhr in die falsche Richtung davon. Maja wollte nicht fragen, konnte sich aber nicht beherrschen.

»Wo fahren wir hin?«

Die Mutter antwortete nicht, fuhr einfach weiter und bremste schließlich vor dem Hotel. Okay, das war der Plan. Große Standpauke in herrschaftlicher Umgebung. Der Vater wartete wahrscheinlich umrahmt von Samtvorhängen hinter seinem dicken Eichenschreibtisch, den er sich mit eigener Hände Arbeit verdient hatte. Maja verschränkte die Arme und blieb sitzen, während die Mutter mit ihren hohen Absätzen voranklackerte, sicher, dass das Kind folgen würde. Als sie erst an der Drehtür das Fehlen merkte, wandte sie sich um und schaute Maja beinahe liebevoll an. Komm schon, es passiert nichts.

Das war wie ein Hypnosestrahl, ein verlockendes, weiches Kissen, ein zuckersüßes Versprechen. Maja folgte ihrer Mutter in den Aufzug und auf die Dachterrasse.

Hier war es windig und man zog sich automatisch die Jacke fester um den Körper. Sie standen da einfach nebeneinander, der Wind zerrte an ihren Haaren und die Stadt lag weit weg unter ihnen. Maja zog die Nase hoch. Schaute ihre Mutter von der Seite an, konnte aber keine Regung in ihrem Gesicht entdecken, obwohl sie sich normalerweise fürchterlich aufregte, wenn sie hier hochmusste, wegen ihrer Frisur. Und dann hörte sie es plötzlich: Ein leises, konstantes Brummen, das immer näher kam. Ein Geräusch, das einem aus Kindertagen bekannt vorkam, wenn plötzlich alle in den Himmel zeigten und riefen: »Guck mal da, ein Zeppelin!«

# 18. KAPITEL

Auch in der »Schönen Aussicht« war der Tag der Tage gekommen. Jo, Mike und ihre Gehilfen hatten die undichte Stelle geflickt, alte Rohre weitläufig ersetzt, die Gelegenheit war günstig, nun da sie schon freigegraben waren, und alles wieder zugeschaufelt. Ordentlich festgeklopft, man konnte nachts betrunken nach Hause kommen. Das große gemeinsame Projekt war beendet und nun sollte mit einem feierlichen Akt auf der Piazza das Wasser aufgedreht werden.

Für Jessie genau der richtige Zeitpunkt, jetzt, da sie nicht mehr in der Luxusvilla ihrer Freundin duschen konnte. Zusammen mit Tante Sanne und der wilden Hilde schmückte sie den Festplatz. In der Betonwanne wurde ein Feuer entzündet, auf dem Rost daneben lagen Würstchen und Brötchen bereit. Außerdem natürlich Bier zum Anstoßen. Nur Becca fehlte. Sie war bei einer Freundin zum Lernen.

»Du hast eine Freundin?«

»He, ich hab immer irgendwelche Freundinnen!«

Jessie versuchte ihr zu glauben, damit könnte wenigstens auch das Nachhilfeproblem gelöst sein. Und Becca sich plötzlich mit Leuten abgeben, die nicht nachts im

Sub irgendwelche Drogen einschmissen und sich die graue Zukunft rosig malten.

Jo trug das zerknitterte Hawaiihemd, das er an besonderen Festtagen aus der Kiste holte, und Mechanic-Mike tatsächlich eine lange Hose. Er stand am Haupthahn, Jo auf einem wackeligen Stuhl, um die feierliche Ansprache zu halten. Tante Sanne in einem verwaschenen Blümchenkleid unter der dicken Winterjacke, zwei verschiedene Ohrringe und Lippenstift, verteilte Bier an die Umstehenden. Jessie dachte an ihre Mutter.

Ja, sie hatte ein Haus mit roter Tür und einen Mann mit dickem Portemonnaie, konnte Meerluft schnuppern oder einfach mal ein bisschen spazieren gehen, aber sie hatte nicht das hier, diesen zwar gestrandeten Haufen, der zumindest versuchte zusammenzuhalten, so gut es ging. Nein, das hatte sie nicht verstanden.

Jo klopfte mit dem Flaschenöffner an sein Bier. Alle machten sich gerade, versuchten feierlich und offiziell zu wirken.

»Liebe Mitcamper!«

»... und Camperinnen«, brüllte die Wilde Hilde dazwischen. Jo nickte ihr zu, an so einem Tag sollte man nicht so schnell ungeduldig werden wie sonst.

»Das Projekt ›Wasser für die Schöne Aussicht‹ ist abgeschlossen. Unter Einsatz all unserer Kräfte haben wir es gestemmt und können ab heute wieder duschen gehen!«

»Zeit wird's!«, rief einer der Mitarbeiter und hielt sich demonstrativ die Nase zu.

Alle lachten, nur Jo lächelte schief und falsch, er wurde nun mal nicht gerne unterbrochen.

»Mike und ich haben alles gegeben«, fuhr er fort und zeigte auf seinen Kollegen am Haupthahn, der der Gesellschaft fröhlich und stolz zuwinkte. Applaus. »Und bedanken uns bei euch für die Unterstützung.« Er streckte seine Bierflasche hoch in die Luft und strahlte in die Runde. »Auf uns – und Wasser marsch!« Alle taten es ihm nach. »Auf uns – und Wasser marsch!«, und Mike drehte den großen, leicht quietschenden Hahn auf. Die Campergemeinde trank auf ihr Wasserglück, lauschte und hörte es gluckern und rauschen. Mike flitzte vom Haupthahn zur Gießstelle, dem Wasserrohr, das einfach so aus der Erde ragte, an dem man Gießkannen und Eimer füllen konnte. Er schaute noch einmal zu Jo, der nickte und drehte den kleinen Hahn auf. Es brodelte und sprutzte, dann kam braunes Wasser, das aber immer heller wurde und schließlich glasklar aus dem Hahn in die Erde sprudelte. Alle rissen die Arme hoch, jubelten und sprangen herum. Sie waren Helden und sie hatten wieder Wasser. Jo schnappte sich Jessie und es blieb ihr nichts anderes übrig, als mitzuhüpfen und dazuzugehören.

Aber dann sah sie Becca. Sie stand abseits und schaute dem Treiben auf der Piazza zu. Leichenblass mit versteinertem Gesicht.

Jessie machte sich los und lief zu ihr. »Hey Becca, was ist?«

»Das Wasser geht ja wieder«, antwortete sie tonlos.

Jessie nickte und spürte bis in die letzte Faser, dass Becca kurz vor der Explosion stand, hakte sich bei ihr ein und zog sie mit sich außer Sichtweite, hinter den Wohnwagen auf die alte Holzbank, die nur ein Brett zum Sitzen hatte. »Setz dich, los, setz dich hin, du zitterst ja. Was ist passiert?«

Becca wischte sich mit einer hektischen Bewegung über die Augen, knetete ihre Hände und schaute dann von Jessie weg, als wollte sie nicht gesehen werden. »Wo warst du? Hey, antworte mir!«

»Amselweg. Sieben.«

Jessie wich erschrocken ein Stück zurück. Sie hatte es geahnt, Becca würde das nicht einfach so stehen lassen, geahnt und gewarnt, hatte aber nichts genutzt, wie konnte sie das auch nur annehmen, Becca hörte sehr selten auf andere. Bevor sie anfangen konnte zu schimpfen, vergrub ihre kleine Schwester das Gesicht in den nervösen Händen und endlich kamen die Tränen, die sie mühsam hatte zurückhalten wollen. Jessie legte ihr den Arm um und ließ sie weinen, hoffte irgendwie, dass die Mutter wenigstens nicht da gewesen war, vielleicht gerade am Meer, aber glaubte es nicht. Das würde wohl nicht diese Verzweiflung auslösen.

»Sie hat mich erst gar nicht erkannt«, schluchzte

Becca, versuchte sich irgendwie einzufangen. »Stand da, ihre rote Tür in der Hand und fragte ›Ja bitte?‹«

Jessie strich ihr durch die Haare. »Du hast dich aber auch ganz schön verändert in der letzten Zeit.« Sie wusste selbst, wie blöd das klang, und Becca brauste auf.

»Ich bin ihre Tochter. Man kann doch nicht die eigene Tochter einfach so aus seinem Leben streichen!«

Jessie nickte leise und fühlte, wie sich ein Kloß in ihrem Hals zusammenballte. »Anscheinend doch.«

»Ich hab mich dann vorgestellt, und sie ist raus zu mir und hat die Tür zugezogen, damit man uns von drinnen nicht sieht.«

Jessie hatte genau vor Augen, wie die Mutter sich nah zu Becca beugt, leise spricht, um nur von ihr gehört zu werden:

»Rebecca, was machst du denn hier? Du meine Güte, bist du groß geworden. Und eine richtige Frau!«

Becca lächelte sie unsicher an.

»Ich ... also, ich wollte mal sehen, wie es dir geht und fragen, wann du wieder nach Hause kommst.«

Die Mutter zog sie ein Stück von der Tür weg in den schmalen Vorgarten. »Geht es euch denn gut? Was macht Jessica? Ist sie schon mit der Schule fertig? Beccamäuschen, ich denke so oft an euch!«

»Das nutzt uns aber nichts. Wir brauchen dich, wir sind doch deine Kinder!«

Die Mutter schaute nervös zurück zum Haus. »Du hast ja recht. Wir sollten das unbedingt mal in Ruhe besprechen, aber ...«

»Wir können das jetzt besprechen.«

In diesem Moment ging die rote Tür auf. Erst kam der Hund rausgerannt, sprang freudig an der Mutter hoch, als hätte er sie ewig nicht gesehen, dann folgte der neue Mann. »Alles in Ordnung, Schatz, brauchst du Hilfe?«

»Nein, nein, geht schon. Das ist ... das ist Rebecca, sie wollte nur etwas fragen.« Die Mutter wandte sich ihrer Tochter zu. »Geh jetzt. Ich melde mich bei euch, ja? Dann können wir reden.«

Drehte sich um und lief zum Haus zurück. Pfiff nach dem Hund. »Taifun, komm mit!« Winkte kurz, machte die rote Tür zu und ließ Becca stehen.

»Sie wird sich nicht melden.« Düster starrte Becca in den Boden. »Oder?«

Jessie liefen lautlose Tränen übers Gesicht. Sie hatte das gewusst und es war ja auch klar, es gab keinen Platz für sie in dem neuen Leben ihrer Mutter, sonst hätte sie sich doch schon längst mal bemüht, geschrieben, Türen geöffnet, mussten ja nicht rot sein.

Aber es so knallhart zu hören, so eiskalt präsentiert zu bekommen, war beinahe unerträglich.

»Verfickte Maja.«

»Die kann doch nichts dafür.«

»Die kann alles dafür. Wir hatten es eigentlich schon verstanden und uns damit abgefunden. Unser Weg lag vor uns, wir hatten genaue Regeln, um damit klarzukommen. Und da sollte genau das nicht passieren.« Jessie presste die Lippen aufeinander, bis sie weiß waren. »Wir hatten keine Mutter und jetzt ist sie dank Maja wieder da.«

»Muss aber ihrem Typen erklären, wer Rebecca ist. Hat sie nämlich bisher nicht.« Becca schaute Jessie mit ihrem unschuldigen Kindergesicht an, das manchmal hervorblitzte. »Und dann fliegt sie raus und Schluss mit lustig. Das hat sie dann davon.«

Jessie nickte langsam. Fürs Rachegefühl ganz geeignet, aber sonst?

»Dann kommt sie auch nicht hierher zurück.«

»Obwohl das Wasser wieder geht«, sagte Becca leise.

In diesem Moment gab es einen lauten Knall, wie eine Explosion. Erschrocken sprangen die Mädchen auf und sahen eine riesige Wasserfontäne, die hinter dem Wohnwagen in die Luft sprudelte. Sie rannten um den Wagen herum. Da standen sie alle in ihrem feinen Zwirn, die Bierflaschen fest in der Hand und starrten mit offenen Mündern an der Wasserfontäne hoch in den Himmel. Wo gerade mit leisem Brummen, das man aber nicht hörte wegen des lauten Wassers, der Zeppelin auftauchte.

JESSIE I LOVE U.

Die gesamte Campergemeinde schaute jetzt Jessie an, grinste, nickte, wow, Respekt, das ist ja mal 'ne Nummer.

Und der platzte der Kragen. Sie drehte sich auf dem Absatz um und stapfte wütend Richtung Wohnwagen. Becca schaute kurz dem Zeppelin nach, dann rannte sie ihrer Schwester hinterher, während Mechanic-Mike sich wieder am Haupthahn zu schaffen machte. Wasser marsch zurück. Da mussten sie wohl noch mal neu nachdenken.

Im Wohnwagen schleuderte Jessie Zeug an die Wand. Alles, was ihr in die Finger kam und nicht festgeklebt oder angenagelt war. »So eine Bitch ... das ist doch nicht wahr ... die muss echt in die Anstalt, in die Anstalt muss die, fuck, fuck, fuck!«

Becca schloss die Tür hinter sich und schaute ihr eine Weile mit verschränkten Armen zu. »Man fragt sich ja wirklich, von wem du das hast.«

Sofort flog die Erdbeermarmelade in ihre Richtung. Becca wich aus und das Glas zerschellte an der Wand. Die Marmelade lief runter, wie zähes Blut.

»Fang du nicht auch an! Halt dich da raus, verdammt, echt, hau ab!«

Becca ließ sich in den Designerstuhl aus dem Hotel fallen, weil sie wusste, dass jetzt keine Gefahr mehr bestand, die erste Wut draußen war.

»Komm mal runter! Das ist doch echt Hammer, was

die alles macht, um dich wiederzukriegen. Ich meine, Wahnsinn, was für eine Aktion muss das gewesen sein.«

»Scheiß drauf! Willst du, dass jemand so was für dich macht?«

Becca zuckte mit den Schultern. »Also, ja, warum nicht?«

Jessie lief in dem kleinen Wohnwagen hin und her, so gut es ging, konnte sich keine Sekunde ruhig halten. »Nein, das willst du nicht. Das schnürt dir den Hals zu, das ist wie Mord. Und sie wird nicht aufhören, das wird immer so weitergehen. Die ist verrückt, Becca, vollkommen wahnsinnig.«

»Kam mir nicht so vor.«

»All das, was sie hier gemacht hat, das Zeug ranschleppen und den Ledermann, die Nachhilfe und Pipapo, das war alles nur, damit ich sie liebe, bei ihr bleiben muss und niemals verlassen kann.«

»Das ist traurig.«

Jessie ließ sich jetzt in den zweiten Stuhl fallen, klopfte mit dem Fingerknöchel auf den Tisch.

»Dafür will ich aber nicht zuständig sein, verstehst du das? Es ist nicht mein Ding.« Sie schüttelte den Kopf, fassungslos irgendwie. »Da muss sie zum Arzt, in die Anstalt halt.« Jessie holte ihr Handy aus der Hosentasche, entblockierte Maja wieder und setzte einen Text an sie ab. »Ich werde dieses Problem ein für alle Mal lösen.«

Becca schaute sie alarmiert an. »Was hast du vor?«

Ihre Schwester antwortete nicht, steckte das Messer ein, zog einen dicken Hoodie über, setzte die Kapuze auf und öffnete die Tür.

»Jessie! Nimmst du mich mit?« Becca war aufgesprungen und hielt sie fest.

»Nein. Das hier ist mein Ding und ich muss das klären.«

Becca ließ zwar los, insistierte aber noch mal, bevor Jessie die Tür zuschlug. »Du machst keinen Blödsinn?«

»Ich mache das, was nötig ist.«

»Jessie?«

»Hm?«

»Ich brauch dich hier, das weißt du?«

Da nahm Jessie ihre kleine große Schwester in den Arm und sie blieben eine Weile einfach so stehen.

Maja hatte sofort geantwortet, weil sie natürlich die ganze Zeit auf ihr Handy starrte. Sie waren in den dunklen Gängen des U-Bahnsystems verabredet, aber erst später in der Nacht, also antwortete Jessie Fly, der sich unbedingt mit ihr in der Freiheit treffen wollte, ein Café, das definitiv nie von Sprayern besucht wurde.

Als sie dort ankam, saß er da schon, draußen unter einem Heizpilz, über seinem weißen Hemd eine uralte Lederjacke, Seemannsmütze auf dem Kopf.

»Gestern hat es Blätter geschneit!«

»Hey Fly.« Jessie setzte sich ihm gegenüber und bestellte einen heißen Kakao, in der Hoffnung, dass er zahlen würde, da sie wie immer keinen Cent in der Tasche hatte.

Er machte seine Augen zu Schlitzen und schaute sie prüfend an. »Sind wir noch zusammen?«

»Wie meinst du das? Waren wir es denn?«

»Ein Team, eine Crew, shitegal.«

»Du sagst shitegal? Ich meine, du benutzt den Ausdruck? Ich kenne keinen sonst außer mir.«

»Du sagst fuck the navy, und da muss man schon aufpassen, dass man sich das nicht angewöhnt.«

Jessie grinste. »Wir sind ein Team.«

Er lehnte sich vor zu ihr. »Gut. Ich hatte nämlich eine megageile Aktion mit dir vor.«

»Ja? Und was ist dann passiert?«

Plötzlich war ein Brummen von oben zu hören, das immer lauter wurde. Alle schauten hoch und riefen »Ach, guck mal, ein Zeppelin!«, nur Jessie und Fly nicht, die schauten sich tief in die Augen, wie zwei Kämpfer auf der Lauer, zwei Katzen, bereit zum Sprung.

»Dann habe ich das gesehen. Eindeutig deine Handschrift mit gefälschtem Tag. Und habe gedacht, wieso macht sie so was Cooles ohne mich, wenn wir doch ein Team sind? Und ganz nebenbei: Wer zur Hölle ist Jessie?«

Okay. Fly kannte nur Elektra. Und hielt alle Pieces von Maja für ihre. Sofort spürte Jessie wieder, wie die Wut in ihr hochkroch. Diese Bitch würde ihr alles kaputt machen. Wie hatte sie sich auf sie einlassen können? Und das jedenfalls würde sie aus dieser Sache lernen: Denk einmal kurz nach, bevor du etwas tust. Sie musste versuchen, da jetzt rauszukommen, auf jeden Fall nicht tiefer hineinzugeraten.

»Ich bin Jessie.« Dieses Geständnis entspannte die Situation erst mal. Fly lehnte sich zurück, nahm wieder seine ursprünglich coole Haltung ein und wartete.

»Jemand aus der alten Crew steht anscheinend ziemlich auf mich.«

»... und imitiert deinen Style.«

Jessie nickte. Wenn er das so sagte, hatte sie es nicht gesagt.

»Ein Talent, das man im Auge behalten sollte!«, grinste er.

»Hör bloß auf, niemals! Ein Talent, das dringend aus meinem Leben verschwinden muss.«

Stille breitete sich aus. Auch der Zeppelin war vorbeigebrummt. Jessie hing ihren Gedanken nach, versuchte sich das Treffen mit Maja und dessen Ablauf vorzustellen. Und Fly überlegte vielleicht, ob es der richtige Zeitpunkt war, ihr die Megaaktion vorzustellen, entschied sich aber anscheinend dagegen.

»Fly?«

»Elektra?«

Dafür liebte sie ihn schon beinahe, dass er ihren richtigen Namen wieder für vergessen erklärte.

# 19. KAPITEL

»Es war nicht ganz einfach, das durchzusetzen, dein Vater ist stinksauer. Und ich hoffe sehr, das hilft dir jetzt.«

Endlich konnte Maja den Blick von dem Zeppelin und ihrem Piece lösen. Sie strahlte ihre Mutter an, wie sie dastand im Wind auf ihren hohen Schuhen, die Hände tief in den Taschen des schicken Mantels, und wäre ihr am liebsten um den Hals gefallen. Aber das war nichts, was sie sonst taten, und die Mutter drehte sich um zum Treppenhaus. »Ich musste ihm dafür versprechen, dass du wieder in die Schule gehst, ich hoffe, das kann ich halten.«

Maja schaute kurz dem Zeppelin hinterher, dann folgte sie ihrer Mutter.

»Das kannst du!« Denn jetzt würde Jessie das lesen und jetzt, spätestens jetzt würde sie wissen, was sie an ihr hatte, und wie froh sie sein konnte, von ihr geliebt zu werden. Und dann konnte Maja auch wieder die Schule besuchen.

Sie klackerten die Treppe runter zum Aufzug und fuhren in den ersten Stock, Büro des Chefs.

»Es wird eine Stange Geld kosten, da du dich ja leider hast erwischen lassen.« Die Mutter kontrollierte in einem kleinen Taschenspiegel ihr Make-up. »Das wirst du zurückzahlen müssen.«

Maja winkte ab. »Alles egal, Mama, echt egal!« Sie war so glücklich. Ihr Plan hatte funktioniert und ihre Mutter hatte zu ihr gehalten, ohne dass sie sie darum hatte bitten müssen. »Danke!«

Die Mutter drückte mit zwei Fingern ihren Nasenrücken zusammen, höchste Zeit, dass man sich mal wieder um sie kümmerte, klopfte kurz und öffnete die Tür zum Büro.

Der Vater saß hinter seinem massiven Tisch. »Hallo, mein Schatz.« Er stand sofort auf und küsste an der Mutter vorbei in die Luft. »Es gibt schon jede Menge Reaktionen im Netz auf den Zeppelin. Und tatsächlich auch auf die unsägliche Schmiererei.«

Maja schaute auf ihr Handy, aber Jessie hatte sich noch nicht gemeldet.

»Und? Was wird darüber geschrieben?«

Die Mutter ließ sich in einen weichen Sessel fallen und schlug die Beine übereinander, während der Vater Maja ins Visier nahm.

»Die Leute finden es cool und fragen, wo man das bestellen kann, dass man da seine eigenen Liebesbotschaften draufschreibt.«

Er lehnte sich an den Tisch, an den sich auch tausend Elefanten hätten lehnen können, und verschränkte die Arme. »Was hast du dir bloß dabei gedacht, Maja?«

Die Mutter winkte ab. »Lass gut sein, es ist alles besprochen. Hast du irgendwas für den Kreislauf, Champagner?«

Natürlich hatte er und füllte drei Gläser, also auch eins für die Tochter, die gerade aus dem Gefängnis abgeholt worden war.

Maja grinste. Sie hatte noch nie mit ihren Eltern angestoßen, geschweige denn mit Alkohol und erst recht nicht, weil sie richtig was ausgefressen hatte.

»Hast du eine Briefmarke?«, fragte sie ihren Vater, als der den Champagner in einem Rutsch runtergeschüttet hatte. Er runzelte die Stirn. »Für Drieke, ich hab ihr im Gefängnis geschrieben.«

»Das ist gut«, befand die Mutter und rieb ihre Stirn. »Die war ganz schön traurig.« Sie schüttelte sich. »Gefängnis, wie das klingt!«

Zu Hause bereitete Maja alles vor, um fertig zu sein. Fertig für Jessies Nachricht, für ein Treffen mit Aussprache und letztendlich für die Versöhnung. Sie belegte Pumpernickel mit Butter und Käse, Butter und Wurst und mit nur Butter, ging unter die Dusche und verwendete das teure Shampoo ihrer Mutter, das ausdrücklich seidiges Haar versprach. Dann brachte sie ihr Tee ins Schlafzimmer, wo sie sich hinter ihre zugezogenen Vorhänge zurückgezogen hatte.

Sie suchte Klamotten raus, die besonderen, die sie

mit Jessie gekauft hatte, und schminkte sich. Lief zum Fenster, weil sie es von draußen brummen hörte und ihr Meisterstück erneut bewundern wollte.

Immer noch keine Nachricht von Jessie. Sie hatte es wohl bisher nicht gesehen. Vielleicht schlief sie lange. War im Sub gewesen? Maja hoffte sehr, dass Becca nicht wieder abstürzen würde über das Ganze. Aber bald konnte sie sich ja darum kümmern.

Sie legte sich aufs Bett, streckte ihre Füße in die Luft und wackelte mit den Zehen. Alles wird gut. Wenn Jessie erst wieder in ihren Armen liegen würde, konnten sie planen. Neue Pieces, neue spektakuläre Aktionen, wer war schon Fly, niemand würde er mehr sein, Electricmarmalade forever.

Vielleicht konnten sie ausziehen! Weg aus den Umgebungen, die sie krank machten, die sich einmischten, ohne nützlich zu sein. Sie waren alt genug. Zusammen schafften sie die Schule mit links, da blieb noch Zeit, um nebenher zu jobben, Geld zu verdienen. Und viel brauchten sie nicht. Sie hatten ja sich. Den Haushalt schmiss Maja locker nebenbei, niemand konnte so gut Pumpernickel zubereiten. Wenn sie sich ausschließlich davon ernähren wollten und eine Packung mit 8 Scheiben im Schnitt 2 Euro kostete, brauchten sie drei am Tag, macht 6, mal 30 ... Dazu kam natürlich der Belag. Maja sprang auf, kontrollierte ihr Handy, auf dem sich immer noch nichts getan hatte, holte einen Zettel und rechnete. Wobei die Miete ein unsicherer Faktor war, aber eigentlich reichte ihnen ein Zimmer. Sie klebten ja eh dauernd aneinander und war die eine im Bad, hing die andere auch dort herum oder wenigstens vor der Tür, um wichtige Gespräche weiterzuführen und die Nähe zu spüren. Blieb Becca. Wenn sie ehrlich war, wollte Maja sie nicht dabeihaben. Jede andere Person bildete einen Störfaktor in der Liebe zwischen Jessie und ihr. Andererseits war sie ja nun mal die Schwester und als zugewandter Partner sollte man das mittragen, musste man sogar. Also dann doch zwei Zimmer? Wenn sie die Mutter auf ihre Seite bekam, würde die vielleicht sogar was dazugeben. Letztendlich konnten die doch froh sein, wenn Maja weg war.

Keine Sperenzchen mehr, nur das Hotel, dem Vater war es sicher gleich, Hauptsache, sie ging in die Schule.

»Maja?« Wenn man an den Teufel dachte. Sie steckte ihr Handy in die Hosentasche und lief die Treppe runter, öffnete vorsichtig die Tür zum Schlafzimmer der Mutter, die dasselbe Bild abgab wie immer.

»Ja?«

»Ich hatte gerade so ein komisches Gefühl.« Sie sprach leise, trotzdem konnte man die Angst hören, die in ihrer Stimme schwang.

»Soll ich dir eine Tablette holen?«

»Nein, nicht das. Ach! Ich wollte einfach wissen, ob du auch da bist.«

Ganz gegen ihre Gewohnheit, betrat Maja das Zimmer und setzte sich zu ihrer Mutter aufs Bett. Auf ihren Augen lag der kalte Waschlappen, sie konnte einen Teil der Nase und den Mund sehen, keine Mimik, keine Möglichkeit einzuschätzen, was in ihr vorging.

»Ich bin da.«

»Also hat sie sich nicht gemeldet«, flüsterte die Mutter.

»Nein.«

»Das wird sie, ich bin sicher!«

»Ich auch.«

Eine kleine Weile war es still und beide dachten darüber nach. Dann schüttelte die Mutter leicht den Kopf, so als könnte sie etwas nicht verstehen.

»Komisch. Schreckliches Gefühl!«

Majas Handy vibrierte und schon auf dem Bildschirmschoner konnte sie sehen, dass es eine Nachricht von Jessie war: *Treffen um 22 Uhr im Untergrund – Trainspot!*

Sie lächelte glücklich.

»Und?«

Die Mutter hatte den Lappen etwas angehoben und schaute ihre Tochter mit einem Auge gequält an.

»Wir treffen uns«, flüsterte Maja und ging früher los als notwendig. Zu so einem lebensentscheidenen Termin sollte man auf keinen Fall zu spät kommen.

Im Rucksack die Pumpernickel, die Haare aus dem

Gesicht, die Augen strahlend, das Feuer der Erwartung darin.

Am Straßenrand stand die alte Frau Schuy, diesmal mit Besen statt Heckenschere in der Hand. Blair Witch Schuy! Sie beobachtete sie scharf. Jeden Schritt. Eigentlich war Maja schon an ihr vorbei, aber dann drehte sie doch noch einmal um, ging zu ihr und beugte die Augen zu ihren.

»Ich gehe to my Lovergirl. Und es ist mir shitegal what you think!«

Die Alte schaute sie mit runtergezogenen Mundwinkeln an. »Don't go, better nicht!«

Die Corner war voller Leute, die ankamen, warteten, wegfuhren, jeder mit seinen eigenen Gedanken, keiner so aufgeregt wie Maja. Sie atmete die Luft und die Atmosphäre, genoss es, wieder hier zu sein. Ihr Blick war nicht so geübt, doch es schienen kaum Sprayer da zu sein. Nicht die richtige Zeit. Jetzt musste sie nur unbemerkt durch die Absperrung, am Gleis vorbei in den Tunnel. Der Weg zum Depot, wo sie ihren ersten Train gemacht hatten, war in ihrem Kopf, mehrfach durchdacht. Wie süß von Jessie, ausgerechnet diesen Treffpunkt zu wählen, ein Highlight auf jeden Fall und außer ihnen würde niemand da sein, der sie stören könnte. Maja schlenderte Richtung Gleisende und beobachtete dabei genau die Abläufe. Am besten würde sie in den

Tunnel verschwinden, wenn gerade ein Zug im Bahnhof stand, und alle darauf konzentriert waren, als Erster weiterzukommen. Wenn sie nur auf sich selbst achteten.

Also lehnte sie sich an die Wand, den Treffpunkt der Crew normalerweise, und wartete. Ob Jessie schon dort war? Vielleicht hatte sie einen kleinen Klapptisch aufgebaut, mit Blümchen und Sekt oder so. Da würden die Pumpernickel sehr gut ...

»Hey Jam!« Äd schreckte sie aus ihren Gedanken. »An was Geiles hast du denn gerade gedacht?«

Maja schüttelte ihre Träume weg. »Äd.«

»Geht irgendwas, oder warum stehst du hier?«

»Du bist ja auch da.«

Äd schaute in den Boden und machte mit seinen Sneakers Gummispuren.

»Weiß nicht. Elektra ist irgendwie untergetaucht. Ich hätte mal wieder Bock ...«, er zuckte mit den Schultern und schaute in alle Richtungen, »aber keiner da.«

Er tat Maja leid, wie er dastand und nicht wusste, dass jetzt bald alles wieder gut und wie früher werden würde. Andererseits kam er ungelegen. Sie konnte ja schlecht vor seinen Augen in den Tunnel verschwinden und ihm verbieten mitzugehen.

»Hast du das mit Fly mitgekriegt?«

Maja zuckte mit den Schultern und suchte fieberhaft nach einer Lösung. Die U-Bahn würde in 2 Minuten einfahren.

»Angeblich hängt er jetzt mit Elektra ab.«

»Scheiß auf Fly!« Sie kramte Geld aus ihrer Hosentasche. »Holst du uns 'ne Cola von oben?«

Äd trottete los, froh darüber, überhaupt jemanden getroffen zu haben, und Maja drückte sich an der Wand entlang Richtung Tunnel. Nur ganz kurz tat es ihr leid, ihn so übers Ohr hauen zu müssen. Dann fuhr schon die U-Bahn ein, das übliche Getümmel brach aus und Maja schlüpfte ungesehen vorbei an der Absperrung in den Untergrund.

Die Stimmung war anders als beim ersten Mal, es herrschte Betrieb und man musste jederzeit mit der vorbeidonnernden Bahn rechnen. Aber es roch genauso, und die Zeichen und Hinweise an der dunklen Wand waren dieselben. Maja fand den Weg mühelos und erreichte den Treffpunkt ohne Probleme. Jessie war noch nicht da. Sie setzte sich auf den Steig zwischen zwei Gleisen und hörte ihrem Herzklopfen zu, fühlte das Kribbeln in ihrem Bauch und als hinter ihr und vor ihr zwei Züge gleichzeitig an ihr vorbeirasten, schrie sie ihre Aufregung in den ohrenbetäubenden Lärm: »Jeeeeeessie!«

Als die Sicht wieder frei war, stand sie da. Nur ein paar Meter von ihr entfernt, nur die Gleise zwischen ihnen.

Maja rappelte sich hoch und lächelte sie an. Jessie sprang ins Gleisbett, stapfte zu ihr rüber, zog sich zu ihr hoch.

»Jessie, wie schön.« Maja wusste nicht, ob sie sie umarmen sollte oder vielleicht so ein förmliches Küsschen oder wie sie ihre Freude ausdrücken sollte, aber Jessie machte es ihr leicht. Verschränkte die Arme ablehnend.

»Hast du Äd verarscht?«

»Ich wollte nicht, dass er weiß …!«

»Ist doch kein Geheimnis«, knurrte Jessie und Majas aufgeregtes Kribbeln verwandelte sich langsam in Übelkeit.

»Ich hab Pumpernickel dabei.«

Jessie schaute sie nur an. In ihrem Blick lag so etwas wie Erstaunen, Verachtung auch, die ganze Jessie auf Krawall aus.

»Ich hasse Pumpernickel.«

Maja nickte ergeben. »Es tut mir leid …«

»Dass alle in dieser Stadt jetzt wissen, dass du komplett durchgeknallt bist?«

»Was?«

»Also, wenn ich Bock hätte, nett zu sein, dann würde ich dir empfehlen, so schnell wie möglich einen Arzt aufzusuchen. Da ist nämlich irgendwas richtig krank in deiner Birne.«

»Hey, ich …«

Jessie hob die Hand, stopp, du bist nicht dran, ich rede. »Was genau verstehst du eigentlich nicht? Hau ab, lass mich in Ruhe, ich will dich nie wieder sehen, echt jetzt, sehr viel deutlicher kann man es ja wohl nicht sagen. Aber nein, Maja macht einfach weiter, ignoriert das, was andere wollen. Denn du liebst ja! Und wenn du liebst, dann hat man dich gefälligst zurückzulieben, sonst knallt's. Oder dein Name steht auf einem Zeppelin und fliegt tagelang über die Stadt.«

Maja wurde wütend. Was redete die? Und warum? »Das ist doch Blödsinn.« Jessie schnaubte. »Ich weiß, dass du mich liebst, sonst wäre all das, was wir erlebt und gemacht haben doch gar nicht passiert. Ich weiß auch, dass das ein Fehler war mit deiner Mutter und so, aber deswegen hört man doch nicht einfach auf damit zu lieben. Ich halte es für Zeitverschwendung ewig beleidigt zu sein, nicht zu reden, wenn man doch in Wirklichkeit jede Sekunde miteinander verbringen und glücklich sein könnte. Ich wollte dir nur helfen, damit es ein bisschen schneller geht.« Jessie starrte sie fassungslos an. »Jetzt komm, wir sind doch hier, um uns zu vertragen und den Quatsch endlich zu beenden!«

»Deswegen bin ich absolut nicht da!«, brüllte Jessie und geriet vollkommen außer sich. »Ich bin hier, um dir ein für alle Mal klarzumachen, dass der Blödsinn und der Quatsch vorbei sind, dass ich dich nicht, hörst du NICHT liebe und auch nie geliebt habe.« Sie trat bedrohlich nah an Maja ran. »Und wenn du mich weiter belästigst mit deinem Wahnsinn, wenn ich noch ein

Wort von dir höre oder irgendwas von dir sehe, dann gehe ich zur Polizei.«

Maja lachte hysterisch auf. »Du glaubst doch nicht allen Ernstes, was du da sagst.«

Da zog Jessie ihr Messer aus der Tasche, klappte es auf und richtete es auf Maja. »Nie in meinem Leben habe ich etwas so ernst gemeint. Lass mich in Ruhe, hörst du? Denn ich gehe meine und neue Wege und da kann ich dich verdammt überhaupt nicht gebrauchen.«

»Mit Fly? Dein Ernst? Du weißt selber, dass wir zusammengehören und tausendmal besser sind als er. Wir beide!«

Jessie ging mit dem Messer auf Maja los. »Das sind wir nicht. Ein Haufen Dreck bist du, der um Liebe winselt. Aber Dreck wird nicht geliebt, Dreck ist nicht gefragt, keiner will Dreck!«

Maja wehrte sich, so gut es ging, versuchte Jessies Hand mit dem Messer fest- und von sich fernzuhalten. Gleichzeitig hörte sie das Brüllen eines nahenden Zuges. Plötzlich wurde sie ganz ruhig. Die Übelkeit verschwand, alles fühlte sich glasklar und richtig an, die Scherben, aus denen sie gerade nur bestanden hatte, setzten sich wieder zusammen, es gab keine Bruchstellen, kein Hindernis und keinen anderen Weg. Keinen richtigeren. Wenn Jessie sie nicht liebte, musste sie sterben.

Die U-Bahn donnerte heran, Maja hielt Jessie mit einer Kraft, die sie noch nie gehabt hatte, fest, sie schauten sich in die Augen und wussten beide, was passieren würde.

## 20. KAPITEL

Am Tag von Jessies Beerdigung schien die Sonne.

Eine erstaunlich gemischte Menge umstand das kleine Urnengrab, das für ihre Überreste vorgesehen war. Auf jeden Fall die halbe Schule, speziell der ganze Mathekurs. Sogar Herr Tauke, der seine übliche Maske der Strenge und Härte abgelegt hatte und fürchterlich traurig aussah. Maja hatte ihn nie so gesehen. Dann natürlich die Campingbrüder- und schwestern in ausgewaschenem Schwarz, leidlich betrunken, das hatten sie wohl auf danach verlegt. Majas Vater, ja, tatsächlich, er hatte sich die Zeit genommen. Mit versteinertem Gesicht stand er da, die Hände gefaltet, als würde er an Gott glauben, den Kopf gesenkt, hielt er die Ehre der Tanners hoch. Die Mutter lag im Bett, das hätte Maja auf ihr Leben schwören können. Denn nicht nur, dass Jessica tot war, auch ihre Tochter war seitdem nicht mehr zu Hause aufgetaucht und wurde polizeilich wegen Totschlags oder sogar Mord gesucht.

Snup, Tobi und Äd, der Zeuge. War ihnen hinterhergeschlichen. Hoodies, Kapuze auf, Sprayer, wie sie das letzte Geleit gaben. Und dann noch einer, das musste Fly sein. Weißes Hemd, sehr gut aussehend und stand etwas abseits. Wollte mit allen nichts zu tun haben, war ja was Besseres.

Jo und Becca standen vorne nebeneinander, beide mit einer Rose in der Hand. Beccas Gesicht war eingefallen, als hätte sie mindestens die Hälfte ihres ursprünglichen Körpergewichts verloren. Ungeschminkt und in flachen Schuhen sah sie aus wie ein kleines Vögelchen, das keine Federn hatte und sehnsüchtig, aber umsonst auf sein Futter wartete. Jo stand gerade wie ein Soldat und bewegte sich nicht. Nur seine Augen flatterten.

Maja hockte gut versteckt hinter einem Busch. Auch sie wollte Jessie die letzte Ehre erweisen.

Nachdem das Quietschen der viel zu späten Bremsen der U-Bahn in ihrem Kopf endlich leiser geworden war, hatte sie das Krankenhaus verlassen, bevor ihre Eltern auftauchen würden. Mit dem Inhalt des Rucksacks würde sie sich eine Weile über Wasser halten können. Sie lief zu den Bluebloom, wohl wissend, dass von ihnen keine Heilung zu erwarten war. Aber ihre Wärme, das Gefühl aufgehoben und beschützt zu sein, das konnte sie sich vielleicht dort abholen. Doch als sie dort ankam, blühten sie nicht mehr. Normal für Oktober, für Maja ein deutliches Zeichen. Sie rollte sich in den grünen Teppich, auf der Suche nach Stille. Aber das Quietschen wollte nicht ganz verschwinden. Jessie hatte kein Geräusch gemacht. Keinen Schrei oder »nicht, Maja,« oder so was. Wortlos hatte sie sich vor den Zug stoßen lassen, der quietschend vorbeigerauscht war. Ein sehr erstaunliches Gefühl. Eben war sie noch da gewesen. Jetzt war sie weg. Sagte nichts, schimpfte und beleidigte nicht mehr. Maja wollte weglaufen, aber das ging nicht. Sie konnte sich nicht bewegen, schaute immer nur auf die Stelle, wo Jessie eben gestanden hatte.

»Jam?« In einiger Entfernung stand Äd, so weiß im Gesicht, dass er als Lampe hätte durchgehen können.

Maja starrte ihn an und wusste, dass er alles gesehen hatte. Sie konnte dem U-Bahnfahrer nicht antworten, der angelaufen kam, als der Zug endlich zum Stehen gekommen war, knallrot im Gesicht, wütend auf die verdammten Sprayer, er musste es jetzt ausbaden. Kein Wort zur Polizei, die sie in eine Decke wickelten und nach oben zu einem Krankenwagen brachten. Ihr Kopf drohte zu explodieren, das Quietschen, Jessies grüner Blick, kurz bevor sie fiel, aber die Beruhigungsspritze half und machte sie wenigstens wieder bewegungsfähig. Keine Sterne über den Blueblooms, der Mond schlecht gelaunt.

Die nächsten Tage zog es Maja immer wieder zurück in den Untergrund. Sie suchte Jessie. Irgendwo musste sie doch sein. Waren sie nicht verabredet gewesen? Wenn sie Pumpernickel aß, ließ sie eine Hälfte für sie übrig.

So macht man das, wenn man sich liebt. Einmal legte sie eine aufs Gleis und sah zu, wie der Zug drüberfuhr.

Als er vorbeigerast war, war von dem Pumpernickel nichts mehr zu sehen.

Nachts lief sie draußen herum, einmal sogar an ihrem ehemaligen Zuhause vorbei. Es war spät, aber es brannte Licht, und sie konnte den Schatten ihrer Mutter hinter den durchsichtigen Vorhängen erkennen. Wie gerne hätte sie sich von ihr in die Arme nehmen und trösten lassen. Jessie war tot. Ihre geliebte Jessie. Jetzt gab es keine Aussicht mehr. Und ihre Mutter würde sie nicht trösten.

Einmal wäre sie fast mit Becca zusammengestoßen. Unten am Trainspot, wo sie Blumen hingelegt hatte, und jetzt dastand und schrie. Nach Maja, und dass sie genau wusste, was passiert war. Dass Maja das büßen würde und Jessie es schon immer gesagt hatte. Bitch. Jetzt sagte Jessie das nicht mehr. Nie mehr.

Äd hatte alles gesehen und würde es der Polizei erzählen. Jam hatte Elektra gestoßen. Die Bobs wussten nicht, wer Jam war, aber sie hatten Maja in eine Decke gewickelt. Sie würde sich stellen. Das mit der gemeinsamen Wohnung und dem schönen Leben zusammen sollte ein Traum bleiben. Ein Leben im Untergrund auf der Suche nach Jessie war unerträglich. Nur noch die Beerdigung. Nur noch der Abschied.

Es war kein Priester da. Stattdessen zwei Männer vom Beerdigungsinstitut, die die Urne neben dem Loch abstellten, in das sie versenkt werden sollte, ein kleines, unscheinbares Gefäß. Maja kicherte. Als ob Jessie da reinpassen würde. Mit ihrem grünen Blick und dem ganzen prallen Leben, das in ihr tobte. Alles gelogen. Ein Moment der Unsicherheit, keiner wusste genau, wie es jetzt weitergehen sollte, da trat Jo einen Schritt vor und wandte sich den Umstehenden zu, räusperte sich. Er wollte etwas sagen. Aber es kam kein Ton aus ihm heraus, nur Tränen liefen dem sonst so harten Mann aus den Augen und Tante Sanne lief zu ihm, um ihn festzuhalten, als er gefährlich ins Schwanken geriet.

»Jo?« Die Mutter stand da. Sandra Jung, wie aus dem Nichts aufgetaucht, neben ihr der Mann mit der Sehnsucht nach Meer. Alle drehten sich zu ihr um, und Jo brach endgültig zusammen. Langsam ging Jessies Mama zu dem Grab ihrer Tochter, starrte die Urne an, und Maja war sicher, dass sie ungefähr dasselbe dachte, wie sie zuvor. Dann gab sie die Anweisung, das Gefäß zu versenken, ging zu Becca, stellte sich neben sie und zog sie an sich. Das Vögelchen sackte an ihre Mutter. Endlich Futter.

Und Maja fragte sich, wo Jessie eigentlich blieb.

## *Auf ein Wort noch*

Warum bringen Menschen andere Menschen um? Die meisten von uns können und müssen sich das nicht vorstellen. Dennoch üben die wahren Geschichten von eben denen eine Anziehungskraft auf uns aus. Wir wollen wissen, wie es genau war, uns aber lieber nicht ausmalen, wie es sich anfühlen würde, wenn wir selbst in so eine Lage kämen.

Als mir meine Lektorin den kurzen Zeitungsartikel schickte, erging es mir so. Ein 14-Jähriger erwürgt seinen 16-jährigen Freund, weil er ihm die Liebe verweigert. Während die Klassenkameraden also dem Unterricht folgten, die Eltern ihrer Arbeit nachgingen oder über das Mittagessen nachdachten, jemand anderes irgendwo eventuell ein Kind gebar oder einen Dachstuhl zimmerte, und wieder woanders blaue Blumen erblühten, starb ein junger Mensch von der Hand eines anderen. Warum? Gab es keine andere Möglichkeit? Was muss einem Täter widerfahren sein, dass ihm im Moment großer Verletzung und Enttäuschung nichts einfällt, außer das? Und hat das Opfer dazu beigetragen?

Ich stellte es mir vor, versetzte mich in die Jugendlichen, fand tausend Möglichkeiten, und hatte die Wahl, wenn ich diese Geschichte erzählen wollte, zu recherchieren, Fakten zu sammeln, die »Wahrheit« herauszufinden, oder den jungen Täter und die Familien in Ruhe zu lassen, nicht wieder ins Licht zu zerren, und stattdessen ein Beispiel zu geben.

Eine Geschichte zu den Fakten zu erfinden, wie es hätte sein können, vielleicht gewesen war.

Motiv verweigerte Liebe, Mord im Affekt.

Die Lektorin, der Verlag und ich einigten uns auf die zweite Variante und erfanden den Übertitel ALMOST TRUE CRIME für eine Reihe, in der wir das nacherzählen, was in den Köpfen der Leser*innen eines solchen Artikels vorgeht: Warum? Wie konnte es dazu kommen? Es hätte doch so viele andere Wege gegeben. Oder nicht?

Das Leben von Maja und Jessie ist auf die eine und andere Weise zerstört, gezeichnet, genau wie das ihrer Angehörigen, ihrer wie auch immer gearteten Familie. Sie stehen exemplarisch für unser Entsetzen und Mitgefühl, wenn wir so eine Nachricht lesen. Du sollst nicht töten, das lernen wir seit Tausenden von Jahren. Kein junger Mensch soll sterben müssen, und keiner morden.

»Gewalt beginnt, wo das Reden aufhört«, hat Hannah Arendt, eine bekannte Publizistin und Philosophin, gesagt. Hören wir also nicht auf miteinander zu sprechen und versuchen mit aller Kraft, dass uns niemals die Worte fehlen.

Eure Ruth Stiller